国家出版基金项目
NATIONAL PUBLICATION FOUNDTION

华西坝文化丛书
第二辑

治病救人

[加] 启尔德 著　　戚亚男 戚 乐 译

天地出版社 | TIANDI PRESS

图书在版编目（CIP）数据

治病救人 / ［加］启尔德著；戚亚男，戚乐译. —成都：天地出版社，2020.12
（“华西坝文化”丛书. 第二辑）
ISBN 978-7-5455-5798-5

Ⅰ. ①治… Ⅱ. ①启…②戚…③戚… Ⅲ. ①纪实文学—加拿大—现代 Ⅳ. ①I711.55

中国版本图书馆CIP数据核字（2020）第114113号

ZHIBING JIUREN
治病救人

出品人　杨　政
作　者　［加］启尔德
译　者　戚亚男　戚　乐
责任编辑　李　倩
封面设计　今亮后声
电脑制作　跨　克
责任印制　白　雪

出版发行　天地出版社
（成都市槐树街2号　邮政编码：610014）
（北京市方庄芳群园3区3号　邮政编码：100078）
网　址　http://www.tiandiph.com
电子邮箱　tianditg@163.com
经　销　新华文轩出版传媒股份有限公司

印　刷　成都勤德印务有限公司
版　次　2020年12月第1版
印　次　2020年12月第1次印刷
开　本　700mm × 1000mm　1/16
印　张　13.5
字　数　142千字
定　价　45.00元
书　号　ISBN 978-7-5455-5798-5

出版说明

1891年10月4日，美国人赫斐秋带领一群年轻的加拿大人，从多伦多出发，去往遥远的中国四川。这群年轻人中就包括24岁的启尔德（Omar L. Kilborn，1867—1920年）。这一年，启尔德刚获得加拿大皇后大学的医学博士学位。他和同伴们受加拿大卫理公会的派遣，以医学传教士的身份，到中国西部传教。

启尔德可能没有想到，当他和同伴们在1892年5月21日踏上四川成都这片土地后，会在四川近代史上产生重要的影响。1892年11月3日，启尔德和同伴在成都开设了中国西部第一家西医诊所，随之在荣县、乐山等地开办医院，现代医学由此在中国西部发轫、发展起来。作为华西协合大学的创建者之一，启尔德参与培养了大批的中国医学生，为西部高等教育的发展做出了重要贡献……

1910年，启尔德在回加拿大休假期间，为了招募年轻的医学传教士来川，他回顾了自己在成都作为医学传教士应该具备的各种素养及能力，尤其是医学方面、语言方面以及在中国扎根下来、发展起来的能力。同时，启尔德从西医角度观察和记录了成都的社会百态、民俗风情，这里面既包括成都人的生活环境、习惯，也包括成都的社会制度、民情习俗、常见疾病、中医中药等。他将这些观察、记录和思考积累起来写成了《治病救人》这本书。

《治病救人》是启尔德在四川尤其是成都生活、行医近二十年的亲身记录，有对清末民初成都历史及西医入川的诸多细节记录，为了解那个时代提供了珍贵的素材。由于启尔德是从医学传教士的视角所做的观察和记录，对中国文化的全貌及中医等的了解不深入，不免有一定的局限或不全面的地方。为了让读者感受到这本100多年前出版的作品的“原汁原味”，译者在略做删节的基础上，保留了作者的行文方式及所涉内容。这既是对作者的尊重，也是对历史的尊重。

启尔德在成都生活、工作达二十八年之久，在1920年去世之后，他的夫人启希贤、儿子启真道等留在成都继续从事医疗教育等工作。到1952年，启真道离开成都，七十多年里，启尔德家族共有三代共有八位成员在华西工作。

序

这是一本最适时的传递信息的书。这不是一位游客到遥远的中国做短暂旅游记录的不可靠的数据。本书生动地讲述了启尔德博士多年与当地人直接接触的经历及经验。在中国西部，启尔德博士日复一日、年复一年地面对疾病与艰难，出色地履行了双重职责。在那遥远的土地上，他履行牧师职责，还用现代医疗技术救治了无数患多种疾患的病人。没有人比启尔德博士更了解加拿大卫理公会已经在中国尝试执行的一项伟大任务。

难怪他不惜用他的痛苦和委屈的故事来激起我们的人民的心，并给他们留下深刻的印象——告诉人们有着广阔领域的传教事业迫切需要更多的人投入。他把医学传教士放在适当的位置上，充分展示了医学传教士的价值。这是启尔德博士对加拿大卫理公会男女青年们的良知发出的非常真挚的强烈的呼吁，希望他们把这高尚的使命作为一生的工作，这个呼吁会得到热烈的反应的。没有人能否认本书作者如此强有力地提出的合乎逻辑的结论：教会必须立刻采取已经在其他部门取得了巨大成功的明智政策，并立刻提供设施培养当地医疗传教士。只有这样，教会才能进行伟大的工作，履行所有职责。

里夫（Richard A. Reeve）

1910年11月1日于加拿大多伦多

目　录

Contents

第一章

医学传教士所需具备的素质

第一节　医学传教士的资格及其准备工作

传教士的第一个资格

就像要求任何其他种类的传教士一样，医学传教士的第一个资格就是坚信福音的永恒真理，对我们主耶稣的恩典有深刻的体会。这些必须是候选人的性格和行为已经具备的特征，凡是与他接触的人都能明显感受到他具备这种条件。他必须是祷告并研究《圣经》的人，他的语言已经用来为基督赢得他人，甚至他的日常生活比他的语言更有赢得人们的影响力。他可以不是天赋的布道者，但是他必须具备做崇拜的劝诫者和领袖的才能。而且，他必须已经体验过那种才能的发挥。他的初步教育越高越好。如果他学习医学课程之前能够学习所有文学课程，也学习其他的学科，那么他将有更深更广的基础优势，因为他受到的思考和学习习惯的培养，会让他的医学课程学得更好。

有健全的身体才有健全的精神

另外一个重要的资格是有健全的身体和健全的精神。他不需要受运动员的训练，但是他确实需要良好的消化功能；他可以不是体操专家，但是他的睡眠一定要好。与一个“可以做任何事情”，或者“什么都能吃”，或者他一周七天起早贪黑地工作，而“不会受到伤害”的人相比，一个已经学会了照顾自己的身体，并避免过度的工作、娱乐和进食的人，更能坚持在中国服务四十年。总之，一个会把工作做得最好的人，上帝将在教区使用最久的人，他工作时不会像是用与其他人不同的材料做成的人，而是接受了上帝赋予他的常识和判断力，并将会循其而行动。

“与人相处的能力”

还有一个资格，我希望这是头等重要的资格：这被恰当地叫作“与人相处的能力”。在特殊情况下，我们在教区必须住得与他人很近。这都是事实，不超过三家或四家，有时仅两个家庭就被派去住在一个传教点，也就是说住在任何一个有基督教的中国城市。传教团的成员所住的院子一定是邻近的，家庭里的随意穿着或特殊习惯等细节，在近邻的眼睛和头脑里会不经意产生突出印象。传教士必须警觉、虔诚，并小心避免自己的弱点，否则教会兄弟会把这些看得严重，这可能引起精神上的潜意识的压抑和痛苦。而且，我们在工作上也像在生活上一样有密切关联。在我们意识到这些问题之前，精神痛苦就会产生，如果我们把这一切都考虑到了，就能在上帝的帮助下，努力来避免这种不良的精神上的压抑和痛苦。

医学传教士不是业余医生

医学传教士不是仅有“对异教徒足够”的肤浅的医学知识的男男女女。在过去的日子里，在认识到医疗是合法的工作形式之前，传教士跟医生在医学院学习一年，就是到外国传教的有用的准备。但是如今，举世公认足够好的医学训练对医学传教士才是最好的。

全面准备势在必行

必须做全面准备的理由是清楚的，因为医学传教士通常都是一个传教点唯一的医务人员，无论是治疗他的传教士同胞，还是治疗中国病人中最难或令人费解的疾病，他都没有同行商量。他必须自己诊断并开处方；他必须决定患者什么时候必须做手术，而且他必须在没有助手的情况下做手术；他必须治疗眼、耳、鼻、喉部疾患和所有皮肤病，因为那里没有他可以请来帮忙的专科医生。一句话，他自己必须成为医治所有疾病的专家。他可能有或者没有一个外国护士帮忙照料病人，或者虽然没有护士，但是有他培训的中国年轻人帮助他照料病人。迄今为止，这些年轻人还在接受教育及训练。如果医学传教士的妻子碰巧是受过培训的护士，或者也是医学传教士，那么他就很幸运了。因为她将是他的“左右手”，她会协助他会诊，注射麻醉药，准备绷带、敷料等，还可协助他培训助手和护士。

因为所有这些理由，所以我坚持每一位医学传教士，无论男女，必须在著名的医学院学完所有课程，并取得学位。虽然不一定必须要执业文凭，但是如果他通过了考试，拿到在他的国家一个或多个州、省的执业行医文凭会更好，他的自信心会更强。如果他幸运地适应中国的气候，那他就不会因为不适应气候而被迫回国，立刻就可以在中国执业行医。

到教区之前完成研究生学业

要做医学传教士，需不需要读研究生课程？如果需要读，在哪里读？读什么专业？这多半取决于他的年龄。因为需要学习汉语，他应该在三十岁或者三十岁之前就到中国的教区。如果研究生课程完成后他超过了这个年龄，我建议他放弃读研究生，立刻就去教区。然而候选人的经费可能不能负担读研究生，怎么办？他也就不读研究生。但是他应该先到中国，然后期盼第一次回国休假期间做至少三个月的研究生工作。无论如何，已经有没有读过研究生课程的人去了国外教区。这样的人不会是第一个，也不会是最后一个。

但是如果年龄和经费都适合读研究生，我建议想做医学传教士的人务必在自己国家或者其他国家做一年研究生工作。如果他能在一个大医院担任一年外科住院医生，那他就有极好的机会获得内外科所有不同亚专业的广泛丰富的实践经验。一旦结束了在医院的研究生工作，他还可以在加拿大、美国或英国的大型外科诊所另学几个月。

去中国的医学传教士有哪些特殊要求

如果他申请到中国，他在读研究生课程时，应该特别注意普通外科、眼科和皮肤科疾病。他不能观摩太多的外科手术或者太多种类的手术。他应该特别注意技术细节：缝合和打结、物质准备、绷带和敷料的制备方法、消毒、保管和处理，注意并记住手术的细节。至于眼科工作，如果有专门课程，务必让他学。但是他应该同时阅读并彻底掌握至少一本关于眼科疾病的小教科书的知识，并设法尽可能多地观摩眼科常见手术。在中国，皮肤病是很常见的，常常能看到在加拿大很少遇到的严重的病例。这些病例是由于缺乏科学治疗及清洁条件而导致的。学一门关于皮肤病的特别课程，或至少几个星期定期到一个好的皮肤诊所去学习，将是非常有利的。

医学传教士需要学神学课程吗

医学传教士该不该学神学课程？一般情况下不需要学！因为以后他根本不可能在教区负责一个教堂的工作，而是负责医院的工作。他所能支配的额外时间可能花在医学的其他分支的研究生工作中更好，这样他就可以很好地适应他人生的特殊使命——医学传教工作。也有未来的医学传教士接受神学课程的，比如他毕业时太年轻，甚至做了一年的研究生工作后，也不能被派到教区去。他可以学整个或者部分神学课程，一旦他满足了医学传教的所有条件，就可以进行协调和联系学习神学课程。还有一些人，在传教年会中感受到了圣职授任和充分连接的重要性，他们在教区里与任何一位同事处在同一个平等的地位上，因此他们就可以学习神学课程。主要考虑的是所需的时间，所有其他事情对医学传教士都是次要的。

医学传教士的书房

医学传教士应该拥有一个有好的医学教科书的小书房。他应当携带他在医学院用过的所有的书。如果经费允许，他可以添加几本其他的书，特别是近期发行的书。但是他没有必要购买多卷本书，因为有些书的内容在他开始使用之前就已经过时了。没有必要花钱买皮面书，因为与布面书相比，皮面书更易发霉。而且皮面书与其他书面的书都以同样的速度在过时。

适应能力与在教区开始医疗工作

适应能力对医学传教士来说是非常重要的能力。要求医学传教士有适应能力的因素是：他在豪华的新学院楼里学习医学，在有三四百个床位的装备良好的现代医院实习，习惯所有便利——护士、整洁、蒸汽消毒器、电灯等。这些，对于到教区去的医学传教士是无比珍贵的。因为他见识并经历了这些现代医学状况，就有能力在狭小的房间里，在没有医学助手的情况下开展医疗工作，并能坚持做他的医疗工作直到他得到另一些房间。这些房间都位于他和他家人居住的中国院子里。因为没有足够的房间，他从国内订购的药品和仪器运到中国后逆长江运来，途中幸运地逃过翻船掉到江中的噩运到达成都，在这里它们只能被装在几个小包装箱子里。他继续工作并乐在其中；他为患者减轻痛苦、拯救或延长了患者的生命，赢得这些陌生人的信任；反过来，患者也赢得了医学传教士的爱。他用自己的双手清洗、包扎患者的腐烂疮痈处，给他们开处方、配药、做手术，并护理他留置于他院子里第三个房间的几个病人。目前虽然有来自国内修建医院的资金，但他却面对为医院选址的复杂的谈判。需要几个月甚至一年的时间，教会才能得到这块梦寐以求的土地。趁着在诊所诊治成群患者的间隙，他一直或与砖商，或与石灰商，或再次与木材商讨价还价。今天他用自己的双手为一个可怜的穷人做一条木头假腿，他给这个病人切除了患结核的腿才保住了他的命。一会儿他又在监督木匠和砖瓦匠，试图说服他们做工作要准确而细致。稍后，他又去给一个病人的断手臂做夹板。

为什么去中国行医

不久前，我到加拿大的一位著名医生的办公室去拜访，他表示自己完全不能理解为什么一个人要去中国，到那么远的地方去行医。他当然不明白，如果到中国行医的目的如同在加拿大行医，那就没有人愿意到中国去靠行医挣钱。医学传教士不仅仅是为了行医而去中国的。在那里，他不能靠行医养活自己，而且那里有太多的不方便。

那么，是什么把他带到中国的呢？除了“绝妙辉煌”——崇拜和完美牺牲的喜悦，没有什么能带他去。他是追随一个“到所有的城市和村庄去教育……布道……安抚……”的榜样的光芒而去的。

第二节　医学传教士与汉语

忠告——在中国沿海学习口语

一次，一个具备去中国条件的传教士准备出发去他选好的地方。他接受过我们教会一位官员的忠告：“我相信你在掌握语言上会做得很好。在中国西部，你工作中最好少用翻译。”当听到这件事时，我便想起了教会董事会秘书（不是我们教会的）的提醒，他曾经建议传教士在进入中国内陆之前去某个海岸城市待几个月。因为在中国沿海精通英汉口译的人多，利于学汉语。

中国西部的口译

所有到中国西部的传教士，无论男女，已婚或还是单身的，都要学习汉语。当教会董事会秘书和其他人访问这里时，他们被热情地邀请给中国教友演讲。他们的演讲，既让他们自己满意，又启迪了人民。众多的传教士中的任何一位都可胜任他们演讲的翻译。

汉语

汉语怎么样？难学吗？要学多久？中国人会喜欢罗马字而放弃他们的古老的文字吗？现在中国各地不是都教英语吗？他们会不会渐渐把他们自己的语言换成英语？这是我们在国内的人常常会问的问题。

学汉语

不，中国人绝不会把他们自己的语言改变成其他任何语言，虽然现在中国的公立学校都在教英语。我不相信中国人会因为罗马字更方便实用而放弃他们的难掌握的但是文字漂亮的古老语言。假设他们要改变自己的语言，那也是几个世纪以后的事了。是的，相比西方民族的语言，汉语是很难学的。但是任何能力一般、三十岁以下的男女青年，只要专心学习，至少两年就可以掌握汉语。多数三十岁以下开始学习汉语的西方人能够流利自如地讲汉语。对于满三十岁以后到中国的西方人，学汉语总是困难的，而且他们发现想要流

长江三峡的纤夫正奋力地拉着船前行

利地讲汉语更困难。多数教会团体允许他们的传教士学习一至两年的汉语，学习期间不再担任任何其他工作。但是所有传教士打算在时间和机会允许的情况下坚持至少三至五年或更长时间的汉语学习。

中国的书面语及口语

汉语有口头语言与书面语言两种表达形式。书面语言通常被叫作文言文。文言文是儒家经典和几乎其他所有书的语言，包括翻译的西方书籍，它与口语有许多共同特征，但是更简洁扼要，它的许多文字与口语有不同的意义。书面语言在整个中国都是相同的。在中国或者在世界上任何地方，中国人都能读懂汉语的书面语言。在不同省份，甚至在一个省的不同地方，人们对这些文字的发音明显不同，但是其意思是相同的，由此可见书面语言的巨大价值。

口头语言

在中国使用最广泛的口语是“官话”（普通话），因为这是任何地方的官员都使用的语言。大约三亿中国人讲的官话只有很小一点差别，因此，它可以被称为中国的“口语”。另外一亿人讲很多方言，有些方言讲的人不到一百万，其他数以百万的人讲同一种方言，官话与这些方言共同被用在需求日益增加的书中。现在《圣经》几乎全部用中国口语（白话文）印刷使用，许多基督教书籍，用官话印的也越来越多。用白话文写的《圣经》比起用文言文写的其他书籍来说，自然更容易被外国传教士所掌握，更容易被我们绝大多数基督徒所理解。这样把口语特别是官话用在书中、杂志中和报纸中，越来越受到各阶层人们的喜爱。其结果无疑是口语与书面语逐渐互相接近，书面语简洁，口语更丰富，直到两种语言形式合二为一。但是想完成地球上最多人讲的语言的转换，可能需要上百年的时间。

方言比较

中国的口语，特别是中国西部的语言，听起来犹如锵锵的音乐。广东方言发音有八个音调；北京方言有四个；我们所在的中国西部地区有五个，少部分地区有四个。中国西部的发音有特色，有很好的音乐效果，让人乐意听。

医学传教士如何掌握汉语

我于1891年到中国，常听到教会的人说医学传教士可以比牧师更快地开展工作，因为他掌握了足够的可以与病人相处的语言。他能去询问病人病情，并且告诉病人服用药物的方法等。为了做手术，医生不需要精通文言文，为了达到调配药品的效果，也不需要用汉语布道。因此，一些医生一旦到达教区就被推到医疗工作中，他们当然想专职学汉语，但是他们在日常工作中，可以从病人那里学到他们需要掌握的汉语。

百年大会通过医学传教士学习语言的决定

我很高兴地告诉大家，现在局面已经完全改变。1907年4月在上海召开的百年大会通过的决议，明确了总会在这个问题上的态度：医学传教士很好地掌握汉语知识是非常重要的，包括口语和书写，应该早日了解一些现有的差会的方法和经验。决议强调医学传教士在中国的头两年，差会要明智地解除他们所有工作的责任，如果不在同一个工作层面上，要求他通过的考试要与他的牧师同事考试的难度一样，并且安排他在差会建立的医疗中心待一段时间，置身于当地语言环境之中。

我们差会语言学习的策略

我们差会的规则是：与其他任何种类的传教士一样，到达中国西部后，医学传教士会有两年时间学习汉语。在这两年学习汉语的时间里，不给他加其他任何工作。这看起来似乎花了很长时间学习汉语。但是想想我们传教士到中国不是一年两年的事，而是三十或四十年甚至五十年。如果生命有如此长的时间为上帝和中国人服务，那么，刚开始时用两年时间学习汉语不会过分。再者，这两年期间，也没有传教士纯粹地在学习汉语，他通过这里的环境学习人们的习惯、风俗、当地人特有的思维和做事的方法，这些对他将来的成功是非常必要的功课。

医学传教士传教的地方

我们认为医学传教士需要像其他任何种类传教士一样全面了解汉语。他可能永远不会负责教堂工作，但是他有会众和一周里每天都要负责的小礼拜堂。也就是说，会众就是他的在待诊室、在病房，或者在医院的小礼拜堂的病人。如果他能履行医学传教士的全部功能，他也必须向他们布道。他不能把他在医院的传福音工作完全交给他的中国福音传教士，他从未做过如此忠诚或成功的工作者，因为病人们总是在寻找一个外国的主管传教的医生的榜样。只有当外国医生领导会议、演讲和做一般的福音传教工作时，基督强有力的最好的影响才能被运用于他们这些病人之中。

通过汉语赢得病人的信任

另一个重要论点是对汉语的充分了解。无论是口语还是书写，就医学传教士来说，充分了解汉语的重要性与其他事情是相等的，医生充分掌握汉语，能获得病人更多的尊敬和信任。因此，他会得到所有阶层的病人的信任，会取得更好的内科、外科和精神上的医疗效果，起到“无意识的心理治疗”的作用。这是获得病人充分信任的医学传教士采用的所有常规治疗方法的有力的辅助手段。恐怕比西方人还多的中国病人喜欢传教士医生解释他的病情。即使这个解释超过了他的理解力，他还是会在听了医生的解释后获得一些知识。如果医生讲汉语不流畅，或者如果他不能讲清楚病人的病情，可能此后虽然按照常规治疗病人，但他得不到病人充分的信任，因此工作处于劣势。

医学传教士常常被上流社会请到家里去诊治病人。如果他汉语说得清楚明了，他给人的印象就更好，他信心也更强，其他的事情都好办了。

医学传教士必须懂中国文字

读汉字的能力，至少要求能读中文的新约书，这对包括医生在内的任何种类的传教士都是必须的。同样，有很多情况，如果充分掌握了汉字知识，对读懂一般古典风格的中文就相当有利。这一点对于医学传教士来说，与其他传教士一样有利。比如，他想钻研众多中国医学文献或是任何古典医学著作，他需要掌握古典文字。差会已经开办了多所医学院，教师是医学传教士。为这些学院翻译西医书籍的工作正在进行，这些书是古典风格的。要用这些书，要编这些书，医学传教士必须是一个汉字专家。因此，为了这些帮助中华民族的医学人的自尊，得着手让自己的中文提升，每一个医学传教士都应该真正掌握汉语。

第二章

中国的医药概况

第一节　中药和中药店

草药店

中国有很多药店。城市里几乎每条街道都有药店，乡镇和村庄也同样如此。通常有“草药店”和“中药店”两种药店。草药店不大讲究，店铺小，通常老板自己每隔一段时间到农村去搜集一捆捆的植物填补他药店卖空的药架的每一个角落。当然，他懂草药，更了解草药的药用价值。草药店老板熟知很多药方，甚至获得医生的名声。病人把草药买回家后，按处方规定熬煮，饮其药汁。

中药店

中药店是更具有规模的药店，店里有很多可入药的各个时期的植物，但是很注重使用的方便，这些药被分门别类地装在抽屉里。人们一走进中药店就可以看见一个很大的、有许多抽屉的柜子，每个抽屉里都分别装着切成碎片的植物的叶、茎、根。店里还有一些装有植物果实的青花瓷罐。有些植物还被磨成粉末。在中药店的柜台上还摆放着各种药膏、药丸、药散及不同颜色和浓度的药液等成品药出售，店内的天花板上还挂着蛇蜕下的皮、龟壳、猴子和老虎的骨头以及鹿的犄角。可见中药中以动物作药的比例不小。

如何应用中药

最常见的服用中药的方法是把药方里的几种药混合在一起加水煮沸，取药液给患者饮。除此之外，还有其他的用药方法。药粉放进患者的鼻子和喉咙里；眼药水滴进患者的眼睛里；软膏可以用到身体的各个部位。最常用的是膏药。常有到我们这里来的病人两侧太阳穴上贴有大的圆形膏药。头痛者膏药贴在太阳穴，背痛者膏药贴在背部，膝关节痛、腿疼或者脚痛都在这些相应部位贴膏药。

错误使用膏药的危害

最糟糕的是把膏药贴在疖子上，或者是贴在化脓的伤口上，其结果是阻挡了炎症分泌物流出。本来应该尽可能地将分泌物引流出来，然而贴上膏药后感染部分的情况就会更糟糕。一次，一位手严重肿大的年轻病人来就诊，他的手肿得比正常手大两倍，大量黑色沥青样膏药紧紧贴满了他的手，以致我很难看到他手上的皮肤。扯去一两张膏药后，脓窦暴露出来了。我们把这位病人收入院治疗，给他用氯仿麻醉后做了手术，膏药当然都被我们丢弃了。通过常规治疗程序，他的患手不可思议地在很短时间里就康复了。最开始是因为他的一个手指被破碗片轻微割伤，然而贴黑色沥青样膏药后造成了那样的严重后果。因为一旦分泌物有了新的引流口，膏药就会封闭这个引流口，导致脓液等炎症分泌物潴留。

一些医疗方法及使用这些方法的理由

鹿角粉被认为是好补品，但是虎骨是最优良的补品。老虎是非常强壮的动物，它的力量体现在骨头上，因此如果你想变得强壮，那就吃虎骨。一次，一个从云南省来的小贩来到我们院子，他带了两张虎皮、老虎前腿骨（还有带爪了的虎脚以证明是虎腿骨）和一块虎骨胶来贩卖。他随身携带一把小秤，用来称分售的虎骨胶或虎骨。他依照我们要买的量锯下虎骨并出售，按两定价。骨头泡在酒中，从而提取其药物成分。猴骨酊是另一种优良的补品，它可以增加关节的柔软性。

蛇皮产业

我逛成都药品批发市场

有一次在中国旅行时，我看到人群中有一个人，他手中有一条四五英尺长的蛇。他有技巧地抓住蛇尾巴，经过灵巧的操纵，成功且安全地抓住了蛇的颈部。我询问他用蛇做什么，他答道："养它喂它。"我问："养来干啥？"他答道："把蛇蜕的皮卖给药房。"这是我从来没有听说过的新产业。蛇皮粉无论放在酒里或是水中，都被认为是退烧良药。许多甲壳虫和蝉蜕的皮也都被认为是退烧药。在中国，我们所在地区蝉比比皆是，其蜕掉的皮是常见的药。一次，我去成都的一个药品批发市场，看见从西面和北面山区，甚至远至西藏运来的生药。这些生药装在大麻袋里，袋口打开展示给买主看。我从一个麻袋里拿出一捆东西，想看看它是什么。近看它像是一捆红色铅笔，其实它们是干蜈蚣。这些生药是中医处方中常见的成分。

一位用药剂量独特的中国名医

我的一位门诊病人给我讲述了他的生命如何被一位名医用他特有的剂量处方拯救的奇迹。他说处方包括两条干蜈蚣，按照通常习惯，全部放在一服药里。那位医生根据他叙述的忍受的剧烈疼痛以及其他一些典型症状，很快就开出了药方。我很清楚他是死里逃生。但是他认为，那是奇妙的药方，给他写处方让他冒险服药的那位医生是一位“著名医生”。

中国骨折治疗方法

治疗骨折通常内服药物。骨折的手臂或腿一般会用某种药膏包裹，药膏或者是植物或者是粉末。我曾经看见一位中医用粗糙的夹板固定骨折的腿，但是这是一个例外。我用绷带和夹板治疗病人后，要让病人不去弄绷带和夹板是非常困难的。我记得有一个手臂骨折的病人，那段时间他有规律地到诊所来，来时他总是取掉了他要求我给他安上的夹板，但是，最可悲的是他最想要的是内服药，当然，是要“接骨”药。

一种著名的药物——“千足土”

一种常见的家庭用的中药，不是在药店购买的药，而是一种被称为“千足土”的东西。“千足土”就是被上千人踏过的土。这珍贵的药在紧挨门内外的地方能找到，而在地板和垫脚石这些既不能穿靴子又不能穿凉鞋的豪华地方就没有千足土。

一些矿物药已被人们了解并且投入使用。有一种砷制剂，众所周知其医疗效果，常用作腐蚀剂。有时被中医用来治疗溃疡，因此导致严重的副作用。从西边山区运来的龙胆和大黄在四川省大量销售。加拿大和美国大面积地种植人参并出口到中国。近些年，模仿专利药品的外国药，在中国所有较大城市的销售量越来越多。纯正的药，例如奎宁和山道年迅速地公正地获得了对于特殊疾病治疗有效的大名声。在成都，许多其他纯正的药在药店柜台能买到，这些药是由上海大批发商进口的。

第二节　中医解剖学和生理学

中国人缺乏解剖学知识

中国人还没有解剖过人体，但是他们已经创建了大量的理论。他们通过观察来描述人体、器官、脉象和脉在经络中运行的神秘的精髓。他们运用的观察能力远不及他们的想象能力。怀利（A.Wylie）撰写的《中国经典著作导读》里面介绍了五十九本论述中医的专著，这些书引用了大量的作者的理论，有些作者活跃在中国最早的年代，很多文章展示了良好的观念和建议。

卫三畏博士（Dr. S. Wells Williams）撰写的《中国总论》长篇引用哈兰德博士（Dr. Harland）的文章，该文描述了中国关于人体组织的理念以及主要内脏的功能，紧接着下面就描述这些工作。我感激这种标准工作。

中国人的人体概念

中国的生理学家似乎既没有区别动脉和静脉的概念，也没有区别肌肉和神经的概念。对肌腱和神经他们用同一名称称呼。依照这些生理学家的观点，脑子是阴的完善驻所，在此基础上，这里有一个骨髓池，通过脊椎与全身相连；喉穿过肺直接到达心脏，途中稍有扩张；咽经过它们到达胃；肺是白色的，位于胸部，肺有六个肺叶，悬挂在脊椎上，一侧四叶，另一侧两叶；声音从肺叶的洞里发出，肺管理身体各个部分。胸部中央（心窝）是呼吸的场所，喜悦欢乐从心窝发出，心窝不能受到伤害，不能有危险。心脏在肺的下面，是身体的王，思想来自心脏。心包包裹心脏并且延伸到肾脏。有三根管道从心脏出发到达脾脏、肝脏和肾脏，但是对于这些脏器的具体功能没有明确观点。咽通过横膈，横膈与脊椎、肋骨和肠相连。肝脏在右侧，肝脏有七叶，灵魂居于肝脏，策划发源于肝脏。胆囊在肝脏之下，并向上突入肝脏，当人发怒时胆囊上升，勇气居于此。因此，中国人获取动物的胆囊，比如老虎、熊的胆囊，中国人认为胆囊是勇气的所在地。

脾脏位于胃和横膈膜之间，协助消化。食物通过脾脏进入胃，再通过幽门进入大肠。网膜覆盖在胃上，但是不知道它的功能。肠系膜和胰腺完全被遗漏。小肠与心脏相连。而有十六个回折的大肠与肺相连，位于腰部。肾与脊髓相连，形似鸡蛋。

骨骼和血液循环

可能是缺乏解剖的原因，对骨骼及其用途了解不多。骨盆、颅骨、手臂和腿被认为是单一骨头！关节完全被忽视了，同样肌肉和韧带与骨的连接也被忽视。血液流遍身体更复杂，一些图画显示了从手指和脚趾而始的管道，这些管道爬上肢体并进入躯干，然后它们或消失，或到达心脏、肺，或者到达它们能够到达的其他器官，它们游走于身体的大部分地方。

身体的营养

关于身体的营养和内脏的功能有许多不同见解的理论。这些理论之间以及与五种金属、颜色、味道和行星之间和谐相连，形成了一套完整系统。它们之间关系紧密，它们的作用建立在普遍的阴阳功能基础上。阴阳是中国哲学的基本辩证学说。

脉象

脉象被仔细地研究。脉象被认为是身体各种状况的指数，甚至可以通过脉象判断胎儿的性别。诊查疾病的时候，通常是由从业医生检查体征。下面是哈兰德博士编制的不同脉象所指示的内脏的表格。每只手的手腕上的脉有寸脉、关脉和尺脉三部分。寸脉距离手掌最近。

左侧手腕	寸脉，当轻按压时，指示小肠的状态。
	寸脉，当重按压时，指示心脏的状态。
	关脉，当轻按压时，指示胆囊的状态。
	关脉，当重按压时，指示肝脏的状态。
	尺脉，当轻按压时，指示膀胱的状态。
	尺脉，当重按压时，指示肾脏的状态。
右侧手腕	寸脉，当轻按压时，指示大肠的状态。
	寸脉，当重按压时，指示肺的状态。
	关脉，当轻按压时，指示胃的状态。
	关脉，当重按压时，指示脾脏的状态。
	尺脉，当轻按压时，指示三焦的状态。
	尺脉，当重按压时，指示命门的状态。
最后两个分别是三焦和命门（“生命之门”），但是纯粹想象的器官，很难描述。	

阴阳——控制身体的两种力量

器官的病变是因为阴阳失调。坏心情出现，或者说邪恶灵魂更具愤怒力量。这些因素不纠正，药物不能充分发挥其疗效。身体表面受到最密切关注，因为每平方英寸的皮肤都有恰当的名字。基于道教学说，根据疾病的诊断，膏药和洗液就用在皮肤这些地方。考虑到如果没有与控制感知原则的信仰结合来治疗，可能药物会失去一半的预期药效，江湖医生和普通执业医生诊病时会把理性的基本原则和剂量相结合。

英美会在中国西部教区四川一瞥

嘉定（今乐山）的西城门楼

成都东大街

自流井（今自贡）的河与庙宇

一顶轿子正行进在乡村的道路上

中医的实用理论

如上面提到的阴阳，都是自然的双重力量。许多中国人认为世界的存在源于两种力量的存在。“热和冷、光明和黑暗、火与水、思想和物质，每一种力量、能力和物质，已知或假定被认为赋予这种原则。因此，这种信条形成了解决任何问题的简单办法。宇宙的无穷变化，自然界中的多种形式和反应，以及所有看得见和看不见的不同后果都很容易用这种因果形式解释。”因此，这种理论对医学很适用。

“气”的理论

有另外一条非常适用的理论，各阶层人都用得多——“气”。一个人胃痛，是因为“气”停滞了，另一个人的肿瘤是由“气”构成的。有一个病人严肃地告知外国医生“上面的气打破了与下面的气的交流”，并且相信他对问题完全清楚明白。这个病人想要外国医生做的就是把这两种“气”的关系再予以纠正，使之和谐，继而他就被治愈了。

第三章

中国的医患状况

第一节 中国的疾病

中国人口众多

尽管卫生预防措施十分缺乏，中国却拥有很多人口而且还在继续增长。出生率高，大家庭是这里的基本现象。有两个方面有助于保持国家生存的活力，那就是他们生活在自然环境中，而且他们所吃的食物和所喝的饮料都经过烹煮。在中国，人们很少喝生水，普遍饮茶，并且总是用开水泡茶。有时，他们也生吃食物，但大多数情况下是煮熟的，并且煮得很透。

四川的气候

我们差会所在之地，四川的心脏——成都，位于北纬30度至31度，这里的温度犹如美国东南部佛罗里达州，夏季漫长，而且仲夏时节天气很热，但是与加拿大的任何地方相比，这里的冬天还是很暖和的。这里的冬天没有雪，霜冻不足以造成灾害。每三四年才有结冰，小男孩看到结冰会很好奇。这里的空气常常很潮湿，冬天寒冷，但他们不会给房屋修保暖的设施。随着寒冷天气来临，他们只是增加更多的衣服，不断加衣服，加到他们感觉暖和和舒适为止，看起来就像画上的人一样肥大、适意。各阶层都穿裘皮衣服，他们不仅出门穿，在家里也穿。棉花、羊毛棉袄服装更轻巧，比毛皮更便宜，又很暖和。当春天来临时，温暖的天气让他们又一件一件地逐渐减少衣着，直到人们体型轮廓恢复正常。仲夏时节这里的人穿的衣服是用最薄的织物做成的，而且穿得很少。

四川人的房屋

四川人居住的房屋不像我们加拿大的房子那样密闭，他们修建的人字形屋顶下屋檐和屋顶之间有很大的间隙，屋顶是用泥土烧制的瓦片盖起来的。通常没有天花板，瓦片安装稀疏，缝隙就成了通风良好的通道。窗户是在木框上粘贴一层纸做成的，通常每年过新年时又用纸再糊上一层。但是因为暴露在风雨之中，加上老鼠的破坏，美丽的窗户外观只能维持几个星期。此外，四川人时常把门敞开着，但对于我们传教士来说，特别是在冬天，让来我们家干活的用人关门是很难的一件事。很明显，四川人的房屋通风良好，这多半是无意之作，然而无论如何对健康都起到了比较好的作用。

四川人的饮水

现在说说四川人的饮水习惯。四川人对冷水有很好的利用方法。他们说，饮用冷水容易使肠胃痛，还容易患肠道感染性疾病。还说冷水是生水，应该煮沸了才饮用。因此四川人普遍倾向于喝烧开的水，他们喝微温的茶或凉茶，他们认为水“开始翻腾”了，就是比较安全的了。在这方面中国人无疑有一定的经验。我相信，喝烧开的水在很大程度上预防了一些疾病的发生。

传染病及传播

在四川，传染病无处不在，但因为缺乏最常见的卫生知识，导致传染病传播。霍乱似乎总是在某些地区出现，疫情暴发时会导致可怕的后果。当霍乱流行时，他们既没有做科学的预防，也没有核实疾病的发生过程，更没有措施治疗传染病患者。1892年夏天，就在我们到达四川省的第一个夏天，霍乱流行。成都有成千上万的人因患霍乱而死去，其中包括我们的传教士以及我的第一个妻子。我妻子感染上霍乱仅十八小时后就去世了。在重庆有几位传教士患霍乱，但只有卡梅伦医生（Dr. Cameron）一人死亡。

天花无处不在

我们周围总有天花病人。我在中国西部的第一个圣诞节是在一个中国传教士家里度过的，他的小孩刚刚从天花病中恢复。我们的孩子和我们经常与天花病人接触。有一天傍晚，我们请的照顾孩子们的保姆请求早点下班。她告诉我们，她的孩子患天花好些日子了，最近病情有点加重，她想提前一个小时回家照顾她的儿子。她很快获准离开，不仅是这一天提前回家，后来几天我们也让她在家休息照顾她儿子。我们至少有两位传教士和一名儿童患了天花。但在上帝的眷顾下，他们痊愈了。我们到了中国西部后得知，天花和霍乱这两种疾病已经导致其他传教团的几位成员丧命。

天花在中国好比加拿大的麻疹一样常见，且同样都被视作平常之事。我们遇到各年龄段的患天花的病人，有老人和青年人。他们来药房、来教堂，我们也在街头碰到他们。天花这种病杀死了很多人。当然，这是在预料之中的。一个孩子患了天花显然只有听天由命。天花毒在骨头里，麻疹毒在内脏里，必须清除这些毒素才能让人恢复健康。人们认为儿童患天花比成人患天花要安全得多。在中国许多失明者就是患天花导致的，即使生命得到挽救，但是却失去了视力。患天花后留下“麻子脸”的非常普遍。妇女们希望通过在脸上施粉来掩饰麻子。现在疫苗即将在各处投入使用，以预防许多人感染而亡。1898年，我第一次回加拿大休假，我的一个关系很好的亲戚劝告我，不宜在多伦多久留。“因为，”他说，“近几个月，家人中有天花患者！”

饥荒过后通常有伤寒流行

除了霍乱和天花，这里还有白喉、麻疹、痢疾，这些疾病都是常见病。因为中国根本没有对这些疾病进行科学的治疗，这些疾病的死亡率无疑比西方国家高得多。这里还有伤寒。在饥荒年月，伤寒祸害着这个国家。1904年，四川某些地区持续了几个月饥荒，伤寒就在这些地区流行。死亡和凄凉的故事随之而来并警醒我们。我们有两位传教士患了伤寒，并经过好几个月才从后遗症中康复。有许多病例，在四川有的家庭中，六至十人都可能会被伤寒夺去性命。人们的无知导致没有从根本上预防疾病的措施，甚至连缓解疾病的措施都没有。1910年6月，我们差会的卡森牧师（Rev. E. J. Carson）患伤寒仅仅几天时间就离世了。

结核病和它的危害

我认为结核病在中国比在其他国家有更大的危害。在我们国家，结核病从多方面显示其病状。在四川就不同了，疾病很长一段时间都查不到，结核病也如此，幸好他们居住环境通风好。如果四川人意外地住进一个封闭的、我们通常居住的、称为“洋房”的房子里，结果是灾难性的——由于缺乏空气流通，会使结核病人死亡率大大提高。

伤寒、疟疾和蚊子叮咬

我们发现这里有伤寒，但是，跟其他相似的疾病一样，我们接触得并不多。疟疾有很多类型，同样这里的蚊子种类也多。中国有很多害虫。传教士一年有六个月是在蚊帐里睡觉的。中国人用棉或亚麻做的蚊帐来阻止蚊子叮咬。但是中国人更在意预防睡觉时被风吹着。他们认为蚊子叮咬可以承受，但是睡觉时不能被风吹着。事实上他们睡在通气不良的蚊帐中，呼吸不佳的空气对他们的危害也不小。的确有够多的蚊子叮咬人，使疟疾的传播不断。

乘轿子去教会医院看病的当地人

背干稻草的农夫头部扎白帕子的装束是四川西部农村男子的服饰特征之一

皮肤病及其治疗的方法

这里有皮肤病的人很多而且常见。不少中国人不喜欢洗澡，这无疑助长了皮肤病的蔓延和发展。痒是最典型的症状，这大大降低了一个人的身体健康水平，甚至生命本身也遭受威胁。癣病和其他传染性头皮病也很常见。中国人害怕往伤口上沾水，他们认为那样会化脓。所以他们往伤口上面涂灰、面粉、烟灰或其他东西，这些通常都会导致最坏的结果。

慢性溃疡

如我们所预料，慢性溃疡十分常见，难于医治。贫困、缺乏食物和卫生条件、苦力活、在水中作业，所有的这些都易使其难以治愈。

种植稻谷和风湿病

种植稻米是农民们的一项重要的工作。农夫在水中犁耕土地，把稻种播种于水里，在水中除草，最后在水或泥水中收获稻谷。在水田里耕耘的农民们饱受风湿病的困扰，患急性和慢性风湿病的都有。同样，患风湿病的人很多是船夫、纤夫，特别是在成都和嘉定之间的河流一带工作的纤夫。在冷天，河水很浅，纤夫们必须日复一日地在浅水里沿江拉纤，拖着船行走。他们的腿脚长期受凉导致他们患上了不止一种的严重疾病。

中国人吃什么

除了必要原因，中国人不是素食主义者，他们中的大多数人喜欢吃猪肉，猪肉在每个市场都能见到。他们还津津有味地吃各种家禽肉，比如鸡、鸭、鹅一类。在中国没有火鸡，但是在开埠的地区外国人已经引进了火鸡。四川人吃米饭就像外国人吃面包和黄油一样普遍，他们的一顿饭就是米饭配一两样蔬菜，而且蔬菜分量很足，并且常常用大量的辣椒烹调出美味的菜肴。我觉得他们大多数人不会细嚼慢咽，因为有很多消化不良的病人。他们对于消化不良有自己的理论。一个患有严重的消化不良的人告诉我，他年轻时曾经有过大量出血的经历。他确信大量的血都聚集在他的胃里，就是这样的血凝团导致了他的消化不良。

癌症、麻风病和眼科疾病

在中国西部结石和麻风病比较少见。而肿瘤，大的或小的、良性的或恶性的都非常常见。癌症发病比例高。也许在任何西方国家，这些癌症都能被及早发现并得到手术治疗，所以在我们家乡这些癌症并不常见。

眼科疾病也很常见，通常是由于污垢和缺乏科学治疗引起的，我相信有时是错误治疗所致。

工业意外事故并不多见

尽管这些年骨折或者脱臼的病人在增加，但是我们并没有接诊很多这类病人。随着机械引进和制造业的建立，常有意外发生。在学校、军队和社会中因为体育运动经常导致腿和手臂折断事故。但是在中国西部虽然有铁道和很多机器，意外事故却不常见。

鸦片和酒精

许多中国人染上了鸦片瘾，并且到我们这里来戒鸦片烟，尤其是在1906年禁止鸦片法令颁布后。很多人也饮酒，但是醉酒比较罕见。我曾经接诊了一个男病人，他因为醉酒而发生谵妄震颤等病症，几天后他完全康复了，他对我们十分感谢。很多疾病，尤其是慢性疾病，是由于酗酒引起的。中国的烈性酒主要是由小米、大米、大麦、玉米等发酵蒸馏而成的。中国许多富裕家族每顿饭都喝酒。

自杀及其诸多原因

争吵（尤其是夫妻之间的争吵）、在衙门起诉、贫穷和疾病、虐待和鄙视，以及其他多方面的原因会引起自杀事件。企图用鸦片自杀是最常见的。自杀者可能是男的也可能是女的，有年轻的有老的。自杀者被某事或者某人激怒，于是用自杀的方式来报复。自杀者弱小无力报复，除了通过自杀来表达别无他法。价值五美分的鸦片，在最近的鸦片店就能购买到，愿望就能够得到满足。死后，他的鬼魂就会去纠缠他所报复的人，他活着的亲属们就有充分理由去纠缠那个与自杀者有矛盾或者有仇的人。

吃鸦片自杀

我们经常被叫去抢救吃鸦片自杀的人，在大多数情况下，我们成功了，不过并不是所有的自杀者都能被成功抢救。自杀者隐藏了他自杀的所有事情，有的人就着鸦片喝下大量的酒。这是一种致命的吃法。有的人对救治做殊死的抗争，拒绝口服药物，或者拒绝皮下注射，直到鸦片的效力遍布全身而不再可能被救治。有一天晚上，我被叫去救治一个与我们住同一条街的不到二十岁的男子，他吃了鸦片。我带上一位中国的药剂师和所有的急救用品去了。我们发现这个男子身体强壮，刚结婚不久，由于和新婚妻子有了一点儿意见不合，他妻子还以嘲笑他、殴打他寻乐，这个愚蠢的男子做出了这样的举动去报复他的妻子。这是这个男人觉得唯一能够“挽回面子”的办法！他买并且吞咽下了是通常认为可致死量的十倍的生鸦片。很快就有人叫我出诊，我到达现场时那个男子还是清醒的，毫无疑问他拒绝了药物治疗，虽然他所有的家庭成员和一些邻居都来劝他，但是无效。我们试图强迫他咽下一些药物，他的家人也来帮忙，但最终都是徒劳。他成功地抵抗了我们的救治，直到他服下的大剂量鸦片的毒性快速在他身上起效，使得他不可能救治。

自杀者亲戚朋友的求助

并不是所有意识不清的人都不可救治。我们经常发现意识不清的人有挽救的可能，我们有能力救治这些人。多数吃鸦片自杀的人在我们去的时候都非常清醒，而且他们很顺从地吃药，还积极配合医生。这些任务通常是简单的，但通常要持续很长时间。从白天到晚上都有人向我们求助去拯救吃鸦片自杀的人。多数是在我睡觉时或者半夜，我被叫醒花几个小时去救一个要自杀的男子或女子，我用各种方法来保持患者清醒，直到鸦片的毒性退去。他们的家里人和邻居总是很感谢和欣赏我们的努力。这样的救治总是获得当地人的好感，并且得到那些之前一点儿都不了解我们这些外国人的当地人的尊敬。

结束生命的其他办法

有时自杀的方式是服用强碱或者割喉。如果吃强碱自杀，患者在死前要痛苦好几天。如果割喉自杀，在教会医生极力的抢救下或许会救活，但很多人还是死去了。

中国的精神病人

在中国只有一所精神病院

中国的精神病人是一群不幸的人。我不相信与西方国家相比，中国有这么高的发病率，但是这里确实有很多精神病人承受着疾病的痛苦。偶尔个别精神病人受到很好的待遇，但是大多数的精神病人都是穿着破烂，不受人关注，贫穷并且缺乏食物。在这种情况下病愈的可能性很小。在中国只有一所精神病医院，是在广东的一所大型教会医院里。这所医院由已故的克尔医生（Dr. Kerr）创建，现在由塞尔登医生（Dr. Selden）管理。大概有两百位精神病人在那里受到了最温柔的、慈善的和最先进的治疗。有很大一部分住院治疗的精神病人彻底痊愈了。

第二节　中国的医生

中医如何准备执业西医

现在像成都这样的大都市，有三个教会医院在全力运作，有些中国医生习惯买几本翻译的西医书，然后表示他们懂得中医也懂得西医，让病人选择怎么治疗！我认为他们成功的秘密就是：他们使用药物常常考虑无害胜于考虑其疗效。我的病人总是很频繁地向我抱怨，导致他目前病情的是“吃错药了”。这就是说，他们吃的药并不能治疗他们的病情，而他们目前的病情就是因为这些药导致的。我通常觉得这是他们的猜测，但是一次偶然的亲历让我确信了这是真的。我被请去诊治一个聪明的前途无量的年轻人，他是成都一所大学的英语老师。他匆匆从上海赶来，与我们联系好。我发现即使他走动着，也在工作。但是他的状况很严重，比他想象的要严重。我让他立刻躺下，在治疗他的时候努力让他躺在床上。但是他的同事告诉他病情不可能很快康复，劝说他应该请一个他们推荐的著名的中国医生来为他治病。他同意请中国医生，然后就服那个医生的药，而把我给他的西药撇在一边。一天拂晓的时候，忽然有人来请我去看这个病人，病人已经虚脱了。在仔细询问后，我发现了缘由，他基本上没有 服用我给的药，而在头晚喝下了一大碗中国医生开的药，我的病人马上出现了很糟糕的情况。我发现要想得到一个保证，不许中国医生用这种煮成一大碗的可怕药物来干扰我们的治疗是根本不可能的，所以就及时停止了治这位病人。两天后这个年轻人就死了。

中医如何诊断疾病

中国医生做诊断完全是依照病人的脉象。医生很认真地通过扪病人两只手上的脉。他在切脉的时候尽可能多地询问病人的情况，但是脉象是最主要的依据。医生用手的食指、中指、无名指三根指头，感受桡骨动脉处三个部位的脉搏的细微差别，即切脉。脉搏的不同会显露出不同器官的状况，例如心脏、肝脏、肺部、肾脏等。中国医生能够很自信地单靠切脉来诊病。

传教医生必须遵守的职业规矩

我们医学传教士自然是按照常规的方法做诊断。很多时候，当出诊去病人家里的时候，为了避免做冗长的说明，我都要假装去感受一下他们的脉搏。有一次，一个官员叫我去看他妻子的眼病，说她的视力很差。外国医生能怎么做呢？我郑重地告诉他，我必须要见到病人，否则便无能为力。经过商量后，我被允许进入她的房间。他们在她的床边给我预备了一张凳子，床前漂亮的丝绸帘子拉得严严密密的，在给我坐的凳子和床之间还有一张凳子，上面放了一本小书作为手垫。很快一只修长的手从紧闭的帘子里伸出来放在小书上，然后要求我切脉。我听从了，我很高兴能够这么近距离接触患者。但是很快我这个外国传教士有了一个冒险的“愚蠢”的要求，我非常勇敢地要求要看病人的双眼，这已经让人抱怨了。帘子被她丈夫小心地打开了一条缝隙，尽可能小面积地把她的面部露出来给我看。这至少可以做简单的诊断，我开了处方，但是此后我再也没有见到这个病人。这就是在中国病人家里看病最麻烦的地方。按照中国的习俗，没有第二次邀请，一个医生不可能再去看病人。不止一次，我试图不等邀请就去病人家里看病人，却失望而归。我的病人或许允许我在方便时去复诊，但是到了病人家院子大门的时候，却常常被病人的家人嚷着“让开”拦在门外。“让开”翻译成很礼貌的话就是“你把门挡住了”，意思是“请回吧，你并没有得到允许进入”。有一次，一个男人笑着对我说我的病人吃了我前天开的药后，情况相当好，故而我今天没有必要再进去看病人了。几天后，经过细心的询问，我发现有几个中国医生在我之后陆续为我的病人看病，于是他的病情持续恶化直至死亡。

中药处方

中国医生通常不自己配药，只是写下处方，就像在我们国家做的那样。人们拿处方到药店配药。这些药通常数量多，常被分装到很多的小纸包中，或者被药剂师混合在一起后用一张大纸包装起来。无论何种病例，人们将这些药物拿回家，将它们全部倒入一个药罐子里，然后灌些水，放在火上煎煮。当病人认为他的药煎煮的时间足够的时候，他就将药从火上拿开，将液体倒出来。药液是黏稠的满满一碗液体。如果能一次喝下，病人就一次喝下满满的一碗药液，这就是习俗。如果他不能一次喝下，剩下的药液将留在第二次喝下。如果喝下有立竿见影的效果，那么病人很愿意再次煎煮罐子里的药，要不然就拿处方去药店重新配药，或者再去找他的医生。但是除非有一些明显的变化，医生才会改变处方。

传教医生的一些麻烦

下面这些事情会给我们传教医生造成麻烦。因为我们必须仔细地反复嘱咐我们的病人：拿到我们的药后，第一，不需煎煮后服用；第二，千万不能一次性吃完所有的药。如果病人不按照我们所说的去做，不但白白浪费了好药物，病人也将遭受灾难性的后果。因此我们通常的习惯是只给病人两三天的药，而不是给他们更长时间的药。这样的话，即使病人一口气吃下所有的药物，也不会摄入过量药物。如果他按照要求吃药的话，他会返回我们这里，并且受益。他因此会经常接触到福音的信息，这是我们医疗工作的一个重要目的。

中国有众多的专科医生。有内科医生、外科医生、眼科专家、天花专家等，同样也有助产师，他们通常会打出“祖传”的招牌。外科医生的治疗主要是针对皮肤病和溃疡，并且被他们的同行——内科医生看不起。内科医生声称他们更加了解神秘的人体解剖学和生理学、各种器官和经络的运行，是因为血脉不通畅导致病人患上多种疾病。

中医典籍

中国有很多医书。中国人认为，最好的书来自远古时期的著作。一位在成都与我们同住一条街的中国医生，给我看了他常常参考的中医书。这套书由很多小册组成，附有正确使用的标记，我发现这是六百多年前出版的。另一本中国医生十分喜欢使用的医疗教科书是两百多年前出版的。一本大受欢迎的教科书是由父亲传给儿子的方式，传了几代的方剂书。一个人仅仅靠他独有的方剂医书行医并取得成功并不少见。古代的医疗、政治和教育界的实践经验受到人们的尊崇。古老的东西优于现代的，而人们则不断努力地奋斗以达到古代的杰出水平。

赠送赞美医生的牌匾

中国的医生经常会收到病人赞赏医生的医术而

谭科久是我们最有为的福音传教士之一，他之前是一名中医

范进道是成都名中医，曾经是总督的保健医生

赠送的牌匾。牌匾一般是三至四英尺长，宽度适中，涂有华丽的油漆。上面通常有四到五个大的中国汉字，刻得很深，油漆镀金。有些时候，附加有很多小字，描述疾病的细节和治疗的过程。当我第一次收到刻有恭维词的这种赞美牌匾的时候，我感到莫大的荣耀。此后我看到了至少六个一般的中国医生门口挂着相同的牌匾。中国的医生很少与病人讨价还价，也不会要求牌匾，医生的服务和药物的价格是看病后根据效果才定价钱。当医生有名以后，收费就提高了，他能让人心甘情愿地送牌匾，而不是医生自己事先要求的。另一方面，病人在被治愈后会自己掏钱买一个牌匾送给医生，尽其所能

鼓励医生做得更好。

牌匾上的赞美词

牌匾上的词通常有赞美色彩，例如“神医”“天下第一”“妙手回春”。华佗是中国古代最著名的外科医生，扁鹊是中国古代最著名的内科医生。这两位杰出人物的名字经常被人们用来形容医生的医术，例如“华佗再世”。

病人送牌匾感谢启希贤医生

下面一个有趣的例子从侧面说明了中国人对待妇女的态度。我的妻子启希贤医生（Dr. Retta Kilborn）曾经收治了一个重病妇女，结果治疗成功令病人满意，这位女士和她的丈夫十分感激。她的丈夫送了我们一个漂亮的牌匾以表感谢。牌匾上面刻着四个中文字赞美我们的医术胜于华佗和扁鹊这两位中国古代的著名医生。

一个成都著名的执业医生老方

老方医生成为我们成都教会的一员好几年了，他最近逝世了。老方长期执业，他的住房在一个茶馆的后面。他有一个习惯，喜欢在茶馆里诊治病人。这间茶馆面向街道大开其门，尽管没有营业执照做装饰，茶馆的墙上却密密地挂满牌匾。这些牌匾大多数是比较小的，一般两至三英尺长，油漆厚薄不一，上面刻满了各种高度赞美方医生之词，有些牌匾是很多年前的了。

牌匾的其他作用

华丽的镀金装饰，表达祝贺、赞赏和赞扬的巨大的牌匾经常被个人或组织送给寺庙、会馆、衙门或者其他部门。有时送给教堂，有时也赠送给新开业的商家、学校或医院。

中医如何收费

中国的常理是当接受治疗的病人病情有好转的时候诊治医生会得到报酬，当病人病情不佳的时候病人将不再付费。想来这也许是一种值得称赞的方式，但是在中国西部我从来没有遇到过这种情况。也许在其他省份有这种付医疗费的方法。在我们所在的四川，医生通常会收取每一个他开过处方的病人的费用。这些费用很少，一般两美分到二十美分，具体数额取决于医生的名气，还取决于是病人到医生的诊室看病还是医生到病人家里出诊。一个年轻的正在努力自己开业的医生，走路去看他的病人，但是很快他就获得威望，能坐轿子了。坐轿子的费用和诊治费用，如同我们前面提到的一样，统统由病人支付。最早这个年轻医生从轿子店租用普通的轿子，后来他的名望广为流传，他就包租了一顶高级的轿子，每月雇用三到四个轿夫抬轿子。虽然如以前一样，轿子费用由病人支付，但是现在这些费用计算在医生的总收入内。

额外收费

除开那些普通的费用，中国医生告诉病人需要非常昂贵的药材治病，并向病人索要额外的高额药费，他们声称“这些药材十分稀缺并十分昂贵”。通常是收一美元到五美元，有时医生还提前收取病人更多钱“去买这些昂贵药材”。

通过订契约治疗病人

在中国西部，另一种治病的方式是订一个契约，中国医生上门治疗与其订契约的病人。费用大概是每月二十美元或者五十美元。就我所知，有的达到两百美元。中国医生承诺当病人需要就上门看病人，并且提供整个治疗所有的药材。病人通常都很愿意这样做，因为这样他就能避免在治疗过程中医生额外收取高额费用，否则医生会说没有额外费用就买不到治病的必用药。订契约这样的方式有时也不尽如人意，因为有时候病人的病情会恶化，有换医生的可能。在这样的情况下订契约的医生通常是赢家，因为无论病人找任何理由，已经付给医生的钱是难以拿回来的了。

针灸治疗

针灸治疗是一种用针刺病人的穴位的治疗方法，中国从古代起就有针灸。一次，一个针灸医生来拜访我。看外貌他是一位令人尊重的老人，我们坐在一起聊天，他津津有味地谈及人体有三百六十多个“可以用针扎进去”的穴位！这包括了膝盖上和大型关节上的穴位，甚至腹部都有这种穴位。他打开包了又包的包裹让我看他的针。他把这些针按照长短大小分类排列在小木盒里。它们被用作热扎或冷扎。

1907年的成都中医考试

另一件有趣的事情是1907年7月在成都举行的医生考试，这个考试在根本没有中国行医标准的前提下举行。这绝对是史无前例的考试，只是通过面试来判断医生是否适合行医。这次考试因为一个偶然的小事件引发为一场可悲的闹剧。

成都的社会事业机构及其医生

通过近十年来成都社会事业机构和社会福利的改革，修建了一些乞丐就业工场和儿童教养院。这些机构由成都的警察部门全权负责。每个机构配备一名中医，医生算是公务员，每月有十美元薪金。

一个药方给所有的人服用——几乎是“儿童之家”的悲剧

1907年6月，在一所位于成都南门外的儿童教养院里，一些儿童忽然生病。经过调查，他们都服了该院责任医生配的同一处方药。这个医生立刻被他的上司传唤了，询问他有关儿童的病情以及他对儿童疾病的治疗方式等。他无法做出让人满意的回答，被依法处罚了两个月的薪金，并立刻被解雇了。推荐那位医生到那所儿童教养院工作的代理人，虽然继续留在工作岗位上，但还是被处罚了一个月的薪金。实际上这些孩子基本上恢复了健康，但处罚还是很快就执行了。

一个有效的测试

这里的事情一直在变。最近警方发布了一个公告，召集市区和城郊所有的医生参加一个在7月7日举行的考试。医生只有通过考试，并且对于医学科学的理解有符合要求的证明，才能在警方的辖区范围内行医。

中医试卷

在考试日子定下之前，有六百多个人报名参加考试，他们被分成两组。各组得到不同的试卷。每份试卷包括六个问题，每个人任意选做两题。下面是翻译成英文的考题：

（1）说明自然界中疾病的三种高级和三种低级的形式。

（2）在七种外感病中，有不同于正常的脉象，怎么区分这些脉象？

（3）痈病由张仲景（东汉末年）严格分类，分为肺痈和肠痈，并且在《灵枢》（教科书）中提及。请用其理论解释痈病的脏腑、经络、机理、症状和脉象等。

（4）心、小肠、肝和肾都有需要治疗的疾病，有些疾病在胃和大肠之上，有些穿过这些内脏，其他的则不进入它们。对这些定义给一个确切的说明。

这里过去是成都贡院科举考场的考棚，现在是新式学校的所在地

成都教会学校的学生，他们在国外学习了几年

（5）大多数疟疾通过胆经治疗。为什么多数发热依据季节不同治疗不同？谈谈这个问题。

（6）斜颈有的非常僵硬，有的轻微僵硬。这一现象是因为一条经络受阻而产生的。这是哪一条经络？

授予证书时

总共有三百九十七人通过了这次考试，并且得到了在成都和郊区行医的执照。在指定的那一天，所有的合格者聚在一起并领取了证书。

其中一个参加考试的人的第五题的答案

下面的翻译并不是无趣的，这是其中一个合格者的第五题的答案：四季各自有不同的邪气，五脏会因此而受到侵袭。发热寒战（疟疾）因脾胃虚弱所致，伴有消化功能障碍。查阅医书《本草纲目》，我们发现很多疟疾病例是通过胆经治疗的。但是如果不辨证施治，而错误分类治疗，反复健脾，会使得病情恶化。治疗这个疾病的最好方法是通过清洁消化道达到开胃健脾的效果。如果我们能了解这类疾病的病因，我们一定要记住卫生学的原则。长期形成的治疗方法和对一个著名验方的检验，告诉我们通过诊断和辨证施治就能确定治疗方案，九转功成！我们如何尽力保护生命？这一卫生学的原理是真的。当我们饮食得当的时候，这些讨厌的疾病如何侵袭得到我们呢？！

呼吁医学教育

我们有充分证据证明这里的人对医学科学的基础原理的一无所知，解剖学和生理学是没有研究过的领域。药学有很多处方，对治疗相关的各种疾病有疗效。因为没有科学的诊断基础，智慧的医学和外科手术是不可能实现的。要改变这些现象必须依赖于对人体结构以及各个器官功能的了解。其他医学重要分支的领域也是完全空白。最后，出乎意料的是，他们都被列入成都这个大城市六百多名医疗专业人士之中。他们就是前面提到的报名参加由警察掌控的医生执业证考试的医生。他们中不低于三分之一的人落选并失去了执业资格。

糟糕的愚昧现状

这就是中国西部所谓的医学科学现状，人们在重病或事故发生的危重时刻，会遭受怎样的痛苦？即使是我们的一个朋友，一个测试合格者，我们上面引用过他的答卷，他在答卷中做了两条关于卫生保健的精确评论，但是他并没有任何这方面的专业知识。他说“通过清洁消化道达到开胃健脾的效果”，在提到食物的时候，他说“饮食得当”。他的这些知识都是完全靠观察和经验。

第四章

鸦片肆虐及禁烟运动

第一节 鸦 片

鸦片如何进入中国

有两百多年的时间，中国医生不了解毒品——鸦片，人们相信罂粟是9世纪从阿拉伯带到中国的。

从印度贩卖鸦片到中国可能很早了，但只是在18世纪下半叶每年进口一千多箱。刚开始，这是由葡萄牙人做的买卖，但是它渐渐落入东印度公司手中。之后，其他国家也加入了这一行列，他们从土耳其、波斯和印度进口鸦片。因为中国人用银子交换外国的“恶浊之物”，“用鸦片浪费时间并且摧毁中国人民的财产”，1800年，嘉庆皇帝用严厉的惩罚手段阻断了贸易通道。1820年，鸦片贸易再次遭到广东总督和海关禁止。但是借助贿赂、走私和亲属关系等不当方式，鸦片进口持续增长，直到第二次鸦片战争爆发，在1858年协商的条约后合法化，罂粟种植迅速蔓延到整个中国。现在中国的每一个省都大量生产鸦片。至少，这种生产一直持续到1906年9月著名的禁烟法令颁布。从此以后，因为事态发展的急遽变化，所有有关鸦片的事情都必须改写。

四川省与鸦片

那么多的良田用作种植罂粟，以至于大米、麦子和其他食品原料都涨价了。四川是中国较大的省份，并且人口比任何一个省份都多。此外，四川是中国最富饶的省份之一。这些都有助于解释为什么四川很快就成为鸦片生产第一省。同样，一个非常大的比例的人群对鸦片上了瘾。在四川一些吸食鸦片的地区，估计有50%至80%的男人和30%至50%的女人吸食鸦片。

用来生产鸦片的罂粟开的花与我们国家种植的观赏罂粟花一样，花朵非常漂亮。几年前，我们一个善良的传教士妇女在其他花种子中夹带罂粟花种子到中国。她把罂粟花种子与其他花种子一起播种在她房子旁的小苗圃里，这些种子生长出来并开花了。很快，有中国人推出“有一个传教士给她自己种鸦片”的结论！这些罂粟花导致了意想不到的曲解结局。

美丽的罂粟田

如何收集鸦片

在中国，西方传教士都知道罂粟在这里是成亩地栽种。当我旅行穿越四川省时，我经常一天又一天、一周又一周地看到一大片田里的从纯白到深紫色的罂粟花盛开，这是一个美丽的景象。当花瓣掉落完后，卵圆形的果实就露出来了，种植者每隔几天就用锯齿刀轻轻地在罂粟果上割一刀。

他们小心地在整片田里割每一个罂粟果，大大小小的都割。种植者每天至少要走遍整片田一次，刮下从割口处渗出的浓稠的褐色果汁，收集在盘子或桶里。当然，每一个果囊都要被刮空。收集罂粟果汁的过程缓慢而单调，花费很多的时间。罂粟果汁被放在太阳下晒干。它是一种有强烈气味的、浓稠的、褐色的、黏乎乎的胶状物，夹杂有细小的硬块或颗粒。经销商把这些胶状物熬制成精品，使其体积大大缩小。当其适合吸食时，它成了光滑、黑色、黏稠的液体，类似糖浆或焦油。有专门的熬煮鸦片的商店，为顾客或鸦片铺煮鸦片。这个过程被街道上的人尽收眼底，对生活在中国内陆城市的每一个人来说，他们既熟悉鸦片烟馆的场景，又熟悉鸦片烟馆发出的气味。

鸦片烟馆

在成都及四川其他城市的街道上经常可见鸦片烟馆。这些烟馆通常是普通的店铺，门直接开在街上，有一块又旧又脏的布帘挂在敞开的门上。把布帘拉到一边，你会看见两排床，中间过道两旁各一排床，一直排到房间尽头。地面可能是泥地，床就是简单的木框上垫着草垫，有常用的草席覆盖于上。“营业室”在通道的一端，放着一排排的鸦片管子、烟灯、烟杯等烟民吸食鸦片需要的物品。服务员站在柜台后边，准备好为众多的顾客服务。

吸食鸦片

在农村和小城镇赶场的日子，以及在大城市的几乎任何一天，人们能看到两排脚从床上伸到过道上。吸食鸦片的人总是躺着抽鸦片烟，他既不脱衣，也不盖被。他躺在床上，头朝墙，脚伸向过道。他头枕一个又小又硬的枕头。通常两个人面对面地躺着，共用一盏烟灯。烟灯是一盏仅几英寸高烧菜籽油的小铜灯，其小火焰由圆锥形的、厚厚的玻璃球罩保护。吸烟者深深吸一或两口气，把鸦片吸进了他的喉咙和肺部。他立刻屏住呼吸，慢慢呼出，从而享受整个令人陶醉的过程。

罂粟田，鸦片禁令颁布前四川大量良田被用来种罂粟

在鸦片烟馆吸食鸦片的人

鸦片的影响

吸食鸦片的人绝不会像醉酒的人那样没有理智。吸食鸦片的人绝不会打烂家具、不会吵闹，也不会虐待他的妻儿；他不会蜷缩街头，也不会掉到水沟里。他首先伤害自己而不是周围的人。每日吸食鸦片的人，第一个影响是他对聊天上了瘾。很多次我在中国客栈，一到傍晚就上床睡觉。一天的长途旅行后很累，为了准备面对漫长的第二天，希望有一个好的睡眠。但是，很快，与我房间仅一薄板相隔的隔壁房间里，两个鸦片烟民开始不断讲话，两人都绝不停止，很多时间他们同时在说，这样可以有效防止睡着。他们的鸦片烟雾有穿透力且令人讨厌，但是，他们不停地谈话，谈话，谈话……常常持续到后半夜。最后，烟民睡着了，第二天很晚才醒，他会感受到头天晚上兴奋反应所致的诸多不适。如果再不吸食一剂鸦片，他的精神及体力都没法胜任工作。有时早上的鸦片是被吞食的，因为时间不充裕，但是他会期盼着晚上与之前的一夜一样吸食鸦片。这就是鸦片烟民的日常生活。

鸦片瘾是如何形成的

在中国，吸鸦片成瘾的起因类似于酒精成瘾。首先以中国人的方式形成，也就是说，因为友谊的缘故，或者说是渴望像其他人那样行事所致。鸦片由主人提供给客人，而且“只是为了好玩”而吸食。有了一些满足和嗜好的感觉后，很快就形成了每日的习惯。再有，为了解除咳嗽或疼痛，很可能在朋友的建议下开始吸食鸦片。咳嗽或疼痛被缓解了，当然是暂时的，但是治愈以前，会产生更严重的疾病——对鸦片的渴求，让他与鸦片牢牢拴在一起。瘾一旦形成，只有一件事可做——保持每天的鸦片剂量，否则鸦片的受害者就只能受罪。而且，剂量必须不时增加，以满足增长的对鸦片的欲望。

吸食鸦片者的毁灭

效果很快从鸦片爱好者的外观显示出来。他开始消瘦，变得苍白。有时他精神振奋、多话、快乐，策划多种挣钱并很快致富的方案等。其他时候，他迟钝压抑、心情不好、易怒且伴随情绪低落而面部和双手发抖。根据主宰他的对鸦片的欲望的增长速度，数月或数年后他失去胃口，变得脸色惨白、面容憔悴；他的针尖样的瞳孔变得异常浑浊；多数时间他呼吸很重，还带有鸦片气味；他消化功能紊乱且伴有严重便秘；他不修边幅，肮脏邋遢，忽略他的生意；为了找钱买鸦片，他典当衣物家具，最严重的是他会典当他的妻子并卖他的孩子。如果疾病不夺走他的生命，他会衰竭而亡，饥饿也是他死亡的原因之一。

当每日量的鸦片被扣掉

无论何时，如果吸食鸦片的人得不到他一日量的鸦片，他很快就会感到非常不适。他变得犹豫、蹒跚，无论是体力或者精神都无法胜任工作。他变得紧张、焦虑、易怒。如果一直得不到鸦片吸食，他就会有严重的腹泻或呕吐，或二者情况皆有。他出大汗，失眠，有时头疼，没有食欲；虽然没伴有打寒战的发烧，他却常常反复剧烈发抖，其猛烈程度足以使床剧烈摇动，并使他感到惊恐。他辗转于床上，似乎是静躺几分钟都不行；他可能流涕，犹如患重感冒，而且流泪，这让他不舒服。但是最持续的症状正如他所说，是“痛苦”：他焦虑，几乎是狂暴，感觉好像有可怕的事情要发生在自己身上。如果是在医院，他会恳求我们用药来缓解他的症状。

我们的鸦片瘾患者及对其的治疗

在中国西部，我们的病人中有很多是来戒鸦片瘾的烟民，我们全额收取每个烟民的住宿及治疗费，否则，我们不收他们住院。然而，在某些情况下，我们收取的一个月的住宿及治疗费，比他们通常仅花在吸食一个月鸦片上的费用还少。

我们有充分的机会观察上述症状，帮助一大批热衷于吸食鸦片多年的烟民恢复健康与活力，这一直是我的特权。我们通常的习惯是一次撤走所有的鸦片，用不同的治疗方法来处理戒断鸦片后出现的异常症状。经过三天完全戒断鸦片后，病人最难受的经历就过去了，他开始获得信心。大约在第四或第五天，他有了胃口，开始睡好了，两周或三周内，他就有了明显改善。他长肉了，有了血色，快乐欢喜。他非常高兴摆脱了那长期把他像奴隶一样抓住的鸦片。危害通常体现在老年病人身上，病人因年老体衰又被鸦片害得非常憔悴，难以承受打击。虽然我从未见到过一例，但我相信当他们试图戒断鸦片瘾时致命的结果已经形成，为时已晚。但是对于一般的年轻人或中年人来说，除了抱怨苦恼，戒断鸦片瘾对他们没有危害。戒断鸦片瘾，病人要有坚强的意志和坚定的决心，更要能坚持到底。

第二节　鸦片禁令

1906年颁布的禁鸦片法令

终于，中国政府开始认识到鸦片正在毁灭他们的国家和民族。1906年9月，老太后慈禧颁布了著名的禁鸦片法令。这条法令规定除了合法的医疗目的，十年之内要在中华大地完全禁止进口鸦片、种植罂粟、制造鸦片、贩卖鸦片、购买鸦片以及任何形式的使用鸦片。

中国政府禁鸦片的成功及努力

禁鸦片法令颁布之前，中国与英国政府签订了一条协议，规定十年之内应该逐步停止从印度出口鸦片到中国。中国停止种植罂粟并停止自产鸦片。

在这件事上，其他国家对中国政府的诚意持诸多怀疑态度，也许更多的是怀疑中国实施禁令的能力。但是我相信，因为在禁令颁布后即过去的四年里，我们有大量证据，证明了中国政府的诚意，以及它能做到的决心和能力。

采取的最深远的措施是减少罂粟种植地区。几个省份政府宣布他们为自己设定了不需要十年的时限，以免他们超过时限，仅需要一半的时间，即只需要五年，如果可能，五年就完全摆脱鸦片。已经有报道三四个省境内完全没有种鸦片了，还报道一些省份的某些辖区和县份没有种鸦片了。今年（1910年），我们四川省完全禁止播种罂粟种子。我们南边的云南省在1909年就完全摆脱了鸦片。

四川摆脱鸦片交易

首先，该禁令简单出台：第一年，仅以前用来种鸦片土地的五分之四可以用来种鸦片，然后，每年都少种禁令前种植面积的五分之一，直到第五年，就完全没有种鸦片了。许多情况下，当局派专人去检查人们是否执行禁令。许多违抗禁令的农民遭到惩罚，他们的罂粟部分或全部被拔掉，其他农民宁愿不种鸦片，以免因超面积种植鸦片而丧失一切。

1909年5月，我和伦敦会的克拉克斯顿先生（Mr. Claxton）沿长江而下旅行时，去了涪陵，这是长江上的一个繁忙中心，距离东面的重庆几天的路程。这个城市因大批出口鸦片和转运鸦片到东部省份的贩运点而广为人知。我们看到一些大鸦片公司敛财的证据——他们的豪华房子、大马车等。我们听到一个故事，讲述那些人取得财富却是采用了通行世界各地的不正当的手段。

资本家反对禁鸦片

官员的态度

一些大鸦片贩子知道了政府限制种植鸦片的禁令后，聚集在一起商量他们应该采取什么措施。他们认为，该派有影响力的人组成一个强有力的代表委员会，立刻去首府成都找省政府。他们的代表委员会很快就组建起来了，经过十三天时间代表们才到达省会。他们会见了省政府高官，详细阐述了他们的诉求——禁鸦片烟将导致他们很多既得利益的极大损失，要求政府最起码应该做的是延迟禁止种植罂粟的时间。代表委员会有影响力的人被省政府送回他们自己的县，他们得到的答复是：在四川，全省六千多万人的身心福利比所有数百甚至数千名涪陵县甚至整个四川鸦片商人的“既得利益”重要得多。尽管一些前瞻性方案还未做，今年在涪陵限制鸦片将与省内的其他任何地方一样严厉。我们传教士敬佩四川省政府为禁止鸦片所做的努力，我相信所有珍惜正义和公平交易的人都会支持省政府的做法。

政府的态度

政府采取的另一个使禁鸦片事业更好发展的措施，就是禁鸦片法令颁布后就很快对政府官员发布要求：所有省级官员用事实证明，在有限的时间内，个人完全彻底戒除了鸦片瘾。如果达不到要求，其惩罚是被开除公职。成都政府专门为戒鸦片的官员开辟了一个戒鸦片所。大量的官员去那里戒鸦片，一些官员来自四川省的边远地区，需要二十多天的路程才能到成都。少数官员到医学传教士这里取戒鸦片的药品，或住到教会医院病房戒鸦片。有些人辞职并退出，因为他们要么不愿意戒除鸦片瘾，要么害怕戒鸦片瘾可能造成灾难性的结果。一些官员一面表示放弃鸦片烟，但另一面却继续吸食鸦片烟。一个级别相当高的军官企图用这种方式欺诈，他声称已经戒鸦片，隐瞒他仍然吸食鸦片烟的行为。但是他的欺诈行为被发现了，经过审判、谴责，并立即被斩首。这事发生在北京。没有人认为中国的惩罚方法残酷，反而用这样的方式和决心消除十恶不赦的祸害赢得了人民衷心的喜欢。

官员行为的有效影响

中国官员做的好榜样的影响几乎可以给予高度评价。他们的职位与西方的政府官员有很大的不同。他们由上级任命，而不是由选民投票决定。官员和老百姓之间有一条很大的鸿沟。老百姓以敬畏和真正的恐惧心态看待当权者，因为官员轻描淡写的一句话就是“法律”，县长拥有完全掌握在自己手中的生杀大权。官员的强大影响力可能被用于扼杀正义，或者太常用于他们自私的目的。但是无论如何，他们榜样的影响力是很有作用的，因此，他们最有效的措施之一就是以身作则，站在禁鸦片的一边。

1909年4月成都的鸦片烟馆被关闭

第三个重要手段是关闭鸦片烟馆。在成都这个拥有约五十万居民的大城市里，有成千的鸦片烟馆，几乎每一条街都有烟馆，而且白天和晚上都有人光顾。年轻人、中年人和老年人都出现在烟馆，但是没有女人去烟馆。中国礼仪观念不允许妇女出现在这些地方。在这方面我们这个省的行动比这个国家的其他大城市慢。但是，1909年年初的一天，一项公告显出效果，要求在4月的某天，这个城市的所有烟馆都将被关闭。尽管这不是第一次警告可能要采取这个步骤，但是当采取这项彻底改变措施时，没有用任何方式咨询过人民，其他省份的一些城市已经制定了这样的法规。所有的益处不在于政府以民主形式制定并执行法规，而事实证明公告宣布要求关闭烟馆那天，我们这个大城市里的所有鸦片烟馆都关闭了，没有任何喧闹和骚乱发生。当我们沿街而行时，我们看到烟馆门都被锁住了，看不见烟馆门大开、里面的床上躺着成排烟民的现象。与所有这些烟馆有关的懒惰、疾病和放荡都被消灭了。

关闭鸦片烟馆取缔诱惑

我们不会愚蠢到相信所有烟民已经突然放弃吸食鸦片的习惯。我们很清楚，很多人一直在找机会购买并储存大量鸦片以应对烟馆关闭的日子。这样他们就简单地把吸食鸦片的地点换在了自己家里而已。但是有一点是肯定的，对挤满狭窄街道的各阶层各年龄段的男人的可怕的诱惑已经完全被取缔，再者，在烟馆销售鸦片是违法的，其交易前所未有地声名狼藉。我相信，如果多伦多的酒吧突然关闭，成都市的这个有益效果与多伦多的效果会是一样的。

过去四年里，鸦片价格翻倍，因为这个原因许多人被迫中断抽鸦片，他们吸食不起。许多烟民害怕鸦片供应会彻底中断，因此，这些烟民早一步采取措施摆脱自己对鸦片的渴望。这正是政府的目的。

西方国家的榜样

通过这些和许多不张扬的办法，中国政府正在让他们的人民和土地摆脱曾经折磨人类的最广泛最致命的吸毒习惯。我相信他们会成功的，他们会在为自己设定的时间内（1916年止）成功。他们为他们的成功做了巨大努力，值得赞扬及同情。为他们的成功祷告。同时，对于加拿大，也许对于欧美地区其他基督教国家来说，这是根本不可能的，要从现在中国正在进行的巨大斗争中汲取经验。

鸦片与酒精

鸦片与酒精在几个方面可比。吸食鸦片的人相信，在鸦片的作用下，他可以有更强的体力，而事实上，就像酒精使人体力降低的结果一样，鸦片使人虚弱。他相信鸦片能让他思维更加敏捷，然而事实刚好相反，结果如同酒精的作用。禁鸦片法令遭到一些人反对，他们说这会干扰贸易，继而影响社会繁荣。这一谬论提醒人们想到了那些反对禁酒的人所提出的论点，二者如此精确地类似。

鸦片禁令下的繁荣云南

不久前我读了一篇报道，受到很大的震动。我看到一个因为禁烟随之而来的变化，它发生在四川省以南的云南省的某些地方。作者是一位传教士，生活在他描述的场景中。他文中说，在鸦片从云南的某些乡村被清除后的一年里，一种普遍的节俭和繁荣的气氛在那里显而易见：房子和商店都被修复并打扫干净了，而且更整洁了；生意似乎改善了，更多的人愿意工作，而且他们工作更勤奋了。他们赚更多的工资，把钱花在他们的家庭上，似乎更多的钱在流通，现在所有的事情都与禁鸦片以前的状态完全相反。真是鼓舞人心！

一个被解放的国家

因为放弃鸦片而发生的这些改变毫无疑问将会被每个省、辖区和县所注意。这一伟大变革的重要性及其对将来中国发展的深远影响几乎无法估量。这意味着寿命延长，数以百万计的男人和女人最好的能力被解放出来做一些有用的事；这意味着每一代都会有数亿美元的财富增长，财富来自过去花在既无益又有害的鸦片上的钱，以及社会里那些戒鸦片后有劳动能力的人挣的钱；最重要的是国家从致命的毒品奴役中解放出来，毒品导致它的受害者的智慧和道德败坏。向认识到鸦片的邪恶并与之搏斗的中国人民致敬。祝愿他们获得智慧和毅力去争取彻底的胜利。

第三节　鸦片与传教士

传教士与烟民

吸食鸦片导致个人、家庭和社会的毁灭都摆在我们面前。我从未听到一个中国人为吸食鸦片辩护，但是我听到很多人谴责吸食鸦片。吸食鸦片的人通常承认鸦片烟有害而且是错误的。没有教会接纳吸食鸦片的人，我们决不雇佣吸食鸦片的人。吸食鸦片的结果体现在吸食鸦片的人工作缓慢且不稳定，他们没有不吸食鸦片的人的体能耐力，他们在金钱上是不可信任的，事实上有时是道德意识变态。这些人不修边幅，不剃须不梳理，他们呼出的气体难闻，而且他们衣服肮脏。他们中午才起床，或者如我偶然观察到的有的人到下午才起床，他们夜间赌博、吸食鸦片直到凌晨，有时直到黎明。他们的习惯导致必不可少的鸦片的需求，他们完全不适合学习和做生意。除非年轻人被某种强大的力量、福音或其他信息所抓住，才可避免鸦片的毒害，否则他会沿着不断走向毁灭和死亡的路走下去。

教会成员反对鸦片

从北京到云南，从广东到最西北端的甘肃，无论何处的传教士都是反对鸦片运动的活跃分子。除了在医院里医生用鸦片治病，传教士在他家里，在他与公众的所有业务工作中，在教堂布道时，都保持不妥协的态度，反对以任何方式使用、买卖鸦片。他总是这样做，他还要更进一步地做，他不会单枪匹马工作，因为他的教会成员是由反对鸦片的人组成的。这些男女成员承诺绝对反对鸦片，并且毫不犹豫地利用他们的影响力做这件善事。他们让其他人了解他们的原则，他们用福音教义或其他一些必要的推论来讲解必须彻底戒断鸦片。因此，每一个传教士和每一个基督组织，无论是由两个还是由两百个成员构成的组织，都犹如使整个面团发酵的酵母，这些具有影响力的中心成员在全省逐年增加。虽然现在还少（其在庞大人口中的比例确实少），但是他们现在正对整个社会发挥着决定性的影响力。

学校与鸦片

医学传教士在这场伟大运动中正做着大量的工作，他们不仅直接推动禁鸦片运动，还以非常有效的方式禁鸦片——收治那些希望戒鸦片瘾的人。

教育传教士正在做禁鸦片工作，他们不但教导他们的学生禁鸦片，还拒绝任何一个吸食鸦片的学生入学。政府学校也为禁鸦片事业做了伟大工作，所有吸食鸦片的人都被严格禁止进入学校。全中国任何政府学校，无论是教员、讲师或教授，即使是

从重庆到成都的道路两边的良田，种植水稻取代了种植鸦片

水车是常用的灌溉水田的工具

最卑微的苦力，都不容许吸食鸦片。秘密吸食鸦片被发现就意味着立刻被解雇。

关于鸦片的一个重要通知

1906年仲夏，中国西部的传教士，与在这个国家其他地区的传教士一样，收到通知信，要求所有男女传教士用中英文在信里的空白表格上填写国籍、到达中国的时间等内容，并且要求尽快把签名填写好的表格送回给发信人——一位在苏州的资深的美国传教士杜博斯博士（Dr. Dubose）。杜博斯博士拜访了他们省的总督，当他呼吁发起反对鸦片的事业时，那个总督承诺，如果杜博斯博士能让在中国的所有国家的所有传教士精心签署禁鸦片的请愿书，总督就把这份请愿书递交给北京朝廷。我们的签名是附在这份请愿书上的。我们接到请愿书的复制件，请愿书被做成一本精美的折子，然后交给那个总督，由他传送给朝廷。我们可能永远不知道其影响力如何，如果有什么影响，那就是会对北京朝廷高层权力者的头脑有影响。但是我们知道，北京收到请愿书几天后，1906年9月，伟大的禁鸦片法令颁布了。从那时起，中国政府及几乎整个中华民族一直都在尽他们最大的努力根除鸦片及吸食鸦片的习惯。

呼吁总督及结果

在当地，我们已经做了少量的反对鸦片工作。几年前在成都，我被差会任命为拜访总督的代表之一，去告诉总督立法对禁鸦片和反对缠足的重要性，敦促他立法。那是1902年，那一年，我们市的传教士第一次被允许对总督进行一次友好拜访。这次拜访是应总督的要求去的。我想此前近一年的时间内，没有传教士拜访过省级最高官员。

在拜访总督时，格兰杰先生（Mr. Grainger）和我在指定的时间和指定的地点受到了礼貌而尊贵的接待。我们有大概半小时的时间会谈，会谈是自由无拘束的。总督赞同我们拜访的目的，并且许诺要做一些反对鸦片的工作。几周以后，总督发布了一个长段的精心准备的公告，公告是劝告戒鸦片而不是禁鸦片，它用清晰的语言和许多好理由劝导人们彻底放弃鸦片并废除古老的缠足习惯。

亚历山大先生访问成都

成都传教会在另一种场合采取了另一类似的方式，并得到相似的良好的效果。1906年至1907年间的冬天，英国禁止鸦片运输协会名誉秘书亚历山大先生（Mr. Alexander）访问了中国西部，并在许多中国公众集会上演讲禁止鸦片的好处。我曾经参加的所有会议中最引人注目的演讲，就是亚历山大先生在成都的演讲。他在教堂单独为基督徒演讲了一两次。此外，他还被安排与成都警察系统的长官——周先生会面。周先生立即做好了合作准备，并且发布警方通知，说某天某时在福建会馆院子里要召开一个大会。福建会馆是市中心的一个大型公共设施。到了开会的时候，我们这些传教士发现有好几个官衔相当的官员来协助我们，一大群人已经聚集在那里等着听演讲。站在开阔院子里的听众都是男人。院子里没有座位，没有房顶，听众摩肩接踵，紧紧拥挤在一起。如果有座位，其数量不可能超过三分之一或四分之一的出席人数。奇怪的是由那位担任会议主席的高级官员发出的命令，在第二个人演讲之前。他说："现在，清理你们的喉咙，咳嗽。"如同有一个共同的感应，这黑压压的几千人照他的要求那样做了，清了清嗓子，咳嗽了一声，然后再次安定下来，以绝对安静的状态听下一个人演讲。

五千名听众

演讲者站在一个较高的、一侧有顶棚的平台上，从那里他们可以很好地观察听众，听众也可以很容易听到演讲者的演讲。据估计，至少有五千人在那里站了一个半小时，认真听了三个人的演讲。其中一个演讲者——亚历山大先生用英文演讲，由传教士翻译成中文，另外两个用中文演讲，其中一个是由坐在椅子上的官员发表的演讲，但是由他的副手发言。

警方帮助抵制鸦片运动

这次伟大的会议对所有传教士都是一个鼓舞，而且毫无疑问，对所有发自内心要求废除鸦片的中国人来说是一个强烈刺激。目前，成都警察部门一直采取公开演讲方法劝告教育人民禁鸦片。他们在市内不同的地方租用一些房子，每天指派警察代表去演讲，告诉人们鸦片的危害以及全国禁鸦片的政策。这些演讲一定做得很好，演讲启发人们，赢得人们的支持，只有这样才能开启彻底禁鸦片的改革。

近代最伟大的改革

那么，在所有这些方面，传教士们充分利用合法影响发挥最大作用，并且期待在中国完全消除鸦片祸害。上帝祝福这一伟大的现代道德改革取得胜利，而且，中国人民福音发展的最严重的障碍将被除掉。

第五章

缠足的危害及倡导天足

第一节 缠 足

缠足的历史

没有人知道缠足这一风俗确切的由来，没有人知道缠足何时开始，但是每个人都知道这种风俗几乎遍布整个中国。无论如何，这种风俗一直持续到20世纪初。关于缠足的起源有很多种说法，其中一个故事讲，两千多年前一个皇妃用高级的丝绸缠住她的脚，以遮掩她畸形的双脚，皇帝很喜欢这样的做法，皇宫里的其他女子就纷纷效仿这种“时尚”，于是这种习惯就慢慢在全国流传开来。另一个故事讲，一千至两千年前的皇宫中的一位宫女，为了好玩缠住了她的双脚并向皇帝展示，皇帝很喜欢缠过的这双足，于是这种“风潮”流传开来。一个陈腐的笑话讲，中国男人最初将自己妻子的脚缠起来是为了“防止她们在外面游荡”。当提到这种解释的时候，中国人往往都直率地大笑。

中国的跛脚妇女

关于缠足起源于何时，能够确定的是这种习俗已经存在上千年了，而更有可能已经存在了两千年。对于我们，很难意识到中国的妇女几乎都是缠过足的跛子。当我们初到上海的时候，看见中国妇女们蹒跚地走着路，我们的第一感觉是，她们有很罕见的畸形或者她们有脚伤，使得她们以这种奇怪的步伐走路。但我们接下来一次一次地看到，妇女都以相同的姿势走路。当我们更加深入地了解到了这个国家的风俗后，我们认为这些妇女显然都是残疾，全部都患有残疾。有时人们会问我们："在中国，农民的妻子们就不会缠足了吗？"实际上她们也缠足，她们的脚那么小。"她们怎样做农活呢？"虽然缠足的妇女们没有本应当具备的身体的力量与耐力，但我还是看到脚缠得很紧的妇女在田里给苞谷松土。在中国南方的一些地区，很多农妇有正常的双脚，但是中国西部的农妇却跟其他阶层的妇女一样严格遵守缠足的风俗。这是真的，我相信在中国大部分地区都是这样。我们雇用一位妇女来洗东西，她却不能在盆子旁边站一整天，为了坚持做完她一整天的工作，她跪在盆子旁边的一块木板上。如果她长时间地站着工作的话，她的脚将会疲劳和疼痛不已。

女仆和满族妇女都不缠足

女仆并不缠足，主人不允许她们缠足，否则她们就不能完成繁重的劳动。中国的女孩在羞辱中成长，特别在开埠的地区，妇女通常不缠足。满族的妇女从不缠足。满族将会被记住，他们是统治中国一个朝代的民族。每个省会都有满族的聚集地，就是最初的军队驻地，在成都就有一个大的满族聚集地。满族妇女体型比汉族妇女更高大，一般来说满族妇女的身材容貌看起来更美观大方。我认为满族妇女的这种形体上的优越得益于她们不缠足的传统。缠足似乎对她们没有诱惑力，相反地她们摒弃它。除开上述的人，基本上中国妇女都缠足。无疑，如果男孩或男人也缠足的话，会沦为中国民众一个大大的笑柄。但是一个国家一半的人都缠足这一事实对于另一半的人来说却觉得是理所当然的习俗。

缠足的方法

缠足在女孩四岁或五岁时开始，她的双足由母亲或祖母缠起来，如果一个女孩的母亲去世了，邻居会因为没有人帮她缠足而可怜她！最初疼痛并不明显，但随着孩子的成长，绷带显得越来越紧，直到极限。只有大脚趾是直的，其他四个脚趾被卷曲在足底，脚背被逐渐拉向后，同时脚后跟被推向前，其结果就是在脚底形成一条深沟，深沟在脚跟的前面，在后脚跟和前脚掌之间。女孩用缠得更小的四个脚趾尖行走……所有与生俱来的脚弓的优势已经不复存在，这样导致行走没有任何弹性。如果有可能，女孩会避免用前脚掌承受任何力，只用后脚跟走路，而她被迫使用这种奇怪的步伐走完余生。对走路来说，仿佛她的腿从膝盖以下已经变成了木头，她的脚既不能正常发育，膝盖以下的肌肉也完全不能使用。其结果是腓肠肌和脚踝肌完全不能发育成正常大小，双腿总是又细又长，中国人常常用“两根火柴棍”来形容这种腿。

没有婢女的帮助，缠足女人在外走路是很难的

女孩的痛苦

在第一次缠足后，女孩遭受剧烈疼痛，她宁可坐下也不愿意玩耍或行走，最终她得不到充足的锻炼。她通常因为疼痛而失眠，或者将脚悬在床边上睡觉，使得双脚麻木来缓解疼痛。有的女孩夜夜哭喊，却招致挨打惩罚，或者受到残酷的对待。受到这些痛苦后的女孩全身健康状况下降，她们的食欲减弱，她们长得瘦小苍白，活力降低，这种现象被认为是通常说的"儿童病"。大部分度过人生前两年最危险时期的女孩，在五至十岁可能因为小伤小病而亡。她们极易患病，她们的抵抗力是如此低下，以致患病后不易康复。

缠足的危害

给女孩解开绷带洗脚并不勤，要过几天有时甚至是一个月才给她们解开绷带洗一次脚。有时候人们把化妆粉扑在被缠的脚上，而大部分中国的化妆粉含有铅，使得女孩有铅中毒的倾向，这对健康有很大害处。在拆开绷带洗脚的时候，女孩可怜地哭泣，这一过程或许并不十分痛苦，但是再次缠上绷带会带来巨大痛苦。有时女孩尝试放松绷带，但是母亲或祖母发现后就惩罚她，并再一次 把她的脚缠上。缠足十二至十三年以后畸形脚才长成，结果导致女孩健康受到损害，发育受到阻碍。不断的虐待使得女孩的道德观畸形变态。缠足的女孩去上学会成为很差的学生，她们没有正常的精神与体力完成学业。很多疾病由缠足而起，溃疡、脓肿、骨疡和骨疽都可发生，有时发生脚趾坏疽、脚后跟坏疽或者脚骨坏疽。

结婚后女子为了取悦她的丈夫或者会稍稍揭开

绷带，或者她会绑紧脚。在乡村，有少数情况，丈夫会让妻子取下绷带，以便她行走方便。另一方面，如果情况允许的话，她会过度地绑紧她的脚，这样的话她的脚就会比邻居女子的更小了。

恶劣的时尚

我们常常问我们周围的中国人为什么坚持缠足这种残酷的习俗，他们有两个理由，首先“缠足是时尚”，“我们不能嫁出没有缠足的女儿”。他们肯定地认为如果让他们的女儿不缠足长大，将会使她们变成异类，他们的邻居会指指点点地嘲笑她们，他们的女儿也许会被当作女仆！这些对中国人来说都是生死攸关的大事。时尚对基督教国家来说很有力量，但是对于非基督教国家，它被无限度地扩大了，“如果落后于潮流，我们就落后于世界”！

小脚与婚姻

小脚对于婚姻是至关重要的，这是缠足的第二个理由。我们必须知道，中国男女在订婚时并没有互相认识交流过，婚姻安排都是由家长决定，媒人会将两家的姻缘牵联起来。订婚前男方的父母或许能够瞄一眼被选上的女子，或许不能。更奇怪的是婚礼之前新郎绝不能看新娘，更不能与她说话。男方父母和男子询问女方很重要的问题是对方女子双脚的大小，这个问题至少跟她的外貌同等重要，至于她能不能读书写字是很次要的问题。至少在几年前都是这样，对于大多数中国人来说也是这种观念。如果年轻女子的双脚缠得很小，她的婚姻优越条件就大大地增加了。比起耗费多年时间缠成的小足，满脸的麻子不会给女子的婚姻造成什么影响。

反而看到没有缠足的女子，人们会视她为女仆。我们可以在有钱人家或官宦人家里看到最小的足。毫无疑问，中等和低等阶级的人们十分认真地遵循缠足的风俗。为什么呢？因为他们希望自己女儿凭借一双小脚，获得一个非常好的婚姻，并获得更高的社会地位。

患者缠足的痛苦

我的夫人启希贤，医治的缠足病人比我医治过的还多，但我也接触过一部分治脚的病人。一次，一个穿着华丽的女士因为脚病来到了诊所，在确认我必须看到她脚的患病部位才能进行下一步的治疗后，她解开了足以让我见到她脚踝炎症的贵重丝绸绷带。处理踝伤后我帮她缠上丝绸绷带，但是我告诉她，除非她再也不缠足，否则脚伤不能治好。此后我再也没有见过她。

我曾经被叫去给一个官宦人家的夫人看病，她抱怨她的脚痛。我见她坐在床上，穿着华丽的丝绸，脸上涂抹化妆品。她给我看了她的因为寒冷和血循环障碍所致的可怜的、小小的、受伤的、瘦而缺血发绀的脚。脚髁上已经是皮包骨头，其肌肉因为废用而萎缩。对于这样的病况，即使给我们治疗她的机会，我们也难以施治，通常我们连机会都没有。这位病人脚上有一个静脉窦连接坏死的骨头和足背，我除了手术别无他法。手术必须在医院做，但是那时没有接治女性的医院。现在成都有由女差会开办的妇女医院，中国妇女可以自由地到妇女医院，并得到各种治疗，包括内科和外科。她们的确也去我们的综合医院，由我们的男医生治疗，但她们更愿意去妇女医院。

第二节　传教士和缠足

教会成员与缠足

解开缠足没有作为妇女成为基督教成员的考量，但是教会敦促甚至要求妇女不要缠足，要求中年妇女做一个不缠足的好榜样，并责令当父母的不要给他们年幼的女儿们缠足，给已经缠足的年长的女儿们解开缠足。已经缠足的女子解开缠足最大的困难来自她已经订婚的男子，没有他的许可女子不敢解下绷带。订婚后，女子就更多地属于她的未婚夫而不属于她的父母了，结婚后则完全属于她的丈夫和夫家父母，事实上她几乎切断了和娘家的关系。

教会组织的反对缠足协会

反对缠足协会成立了，由教会和教会的信徒组成。协会每月或每季度召开会议，会员在会上进行强有力的演讲，阐明缠足的危害。协会印刷了精美的誓言卡，很多男人和女人领取了卡片。对男人来说，卡片告诉他们要负起抚养女儿不缠其足而让她们的脚自然生长的责任；对年轻男子来说，若有没有缠足的女性，就选择她们做自己的新娘。卡片强有力地劝诫父母们送女儿去学校受教育，这样父母们就会发现即使女儿不缠足，找女婿也不难。当这样明了地给他们讲解的时候，就算是追溯至19世纪的最后几年，还是有中国人仍然认为女子的一双畸形的小脚甚至等同于受过良好教育的才智。

女差会学校

我们女差会的住宿学校从一开始就定下规定，所有就读的女子必须从入校起就放足。遵守这条规定，学生就很容易得到全额补助。这些学生不都是基督徒，刚进校的时候她们大多数都不是基督徒，但是很多人在校期间成了基督徒。中国的女子学校，只允许没有缠足的女子入学，这一举措起到了广泛而有力地反对缠足这一可怕的恶习的作用。通过政府对女校的强硬态度，女差会反对缠足的工作更容易了。

中国非基督徒反对缠足协会

锡良[1]总督对成都教会代表的请求做了回应并与其见面后，紧跟着就发布了公告。在四川多个城市组织了许多反对缠足的团体，这些团体由中国人创立，并由他们管理。他们有一个共同的规则就是所有的人必须为他们的儿子寻找团体内的女子为妻，这样在宣传自然足的过程中最麻烦的事情就解决了。有些团体很受欢迎并且吸纳了很多成员，他们干得很好，现在还在坚持不懈地奋斗，教育人民让女子保持自然足。

官方反对缠足的公告

1909年年初，当时的四川总督赵尔巽，发布了一个公告，虽然并没有绝对地要求执行，却强烈敦促所有人废除缠足恶习。很多县长都采取强硬的规定执行总督的公告，用他们的权力呼吁停止缠足，并且规定在限定的时间内完成。

1 锡良（1853—1917年），1903年调任四川总督，在四川推行新政。1907年离任。

向阿绮波德·立德夫人致敬

有一位非教会的英国女士对反对缠足事业做了很大的贡献，她就是阿绮波德·立德（Mrs. Archibald Little）夫人。立德夫人去过中国很多地方，经常在中国行政长官或者他们的夫人的支持下，召开公开集会。她亲自演说，不管是否是传教人士也被她邀请去发表演说。通过这个方法，很多地方建立了“天足协会”，她成功地提高了人们对倡导自然足的注意力及兴趣。

缠足将被废除

反缠足运动已经开始，毫无疑问，缠足最终将成为历史。反缠足运动可能会持续一个世代甚至更长，但结局肯定是注定的。很奇怪的是最狂热的自然足拥护者，竟是官员和文化阶层，很多有钱人家的女子现在以自己有一双正常的脚为骄傲，以她们能够正常地走路为骄傲，而不用像她们的母亲一样

在嘉定召开的反缠足协会第一届年会

在成都一次上层社会家眷的聚会上，立德夫人（第三排左一）发表反对缠足演说，启希贤（第三排右二）担任翻译，会后合影留念

由女仆搀扶着走路。通过上层社会，这种“潮流”将会迅速传播到大众中去，得到不断增长的基督教团体的帮助，丑陋的缠足习俗将会从中国完全废除。

第六章

男尊女卑的陋习

第一节　奴　婢

男奴仆

我已经听到有男人被绑架到煤矿工作的悲惨传言，说他们是如何被强迫努力工作的，如果他们不能完成每天分配的任务就会挨打，永远不能离开煤矿井口，像囚犯一样被关在矿山里，以免他们逃脱。在一些中国贵族家中，男性奴仆并不少见。有的仆人和他们的祖辈在这个家里已经是几代人的仆人了。在这种情况下，奴婢的婚姻是在男女奴婢之间订立的，而这些婚生的子女，如果生活在主人的住所里，也会被视为奴婢。只有到了第三代得到许可，他们才能不做奴婢，主人会为他们的服务付工资。有的男奴仆有可信任、有影响的作为，是他们主人所有财产的监管打理者。无论是大农场或是城市中的家产，都可能由这种男奴仆管理。

女童奴婢和女奴婢

另一方面，女童奴婢和女奴婢在中国到处可见。中国的富人家庭都有奴婢，对拥有奴婢数量的唯一限制取决于主人的财富。买的小女孩有五岁至八岁的，其价钱有两美元或更便宜，有一百美元或更贵。卖女婴的原因与杀女婴的原因一样都是因为贫困！有的父母很穷，担心他们挣不到足够的钱来养活这个多余的女孩；或者，经常因为父亲是一个吸食鸦片的人，需要钱去买鸦片，所以卖女孩。买家买女童奴婢去伺候家里的主妇和她的女儿。奴婢比用人更便宜，就像儿媳一样，她们毫无怨言地接受所有的虐待和殴打。女奴婢不能离开，她们不敢逃跑，如果逃跑会被抓回来，遭到比以前更残酷的殴打。买家在购买奴婢时就签署了以精心措辞的预防措施来保护他们利益的协议，以防其父母在以后的生活中索要女孩。

一个或两个婢女伺候夫人，如果家庭能负担得起，每个女儿也有一个婢女。婢女的全部职责就是为她们伺候的那个人服务。根据她们所伺候的、给她们定规矩的女人或女孩的脾气和性情，伺候她们要么是比较愉快的，要么其要求非常严格。在更愉快的环境下，女童奴婢很温顺，对她们女主人的要求都很细心地完成。她们服从主人，不抱怨被打及对她们的大量毁谤。直到与跟她们年龄相仿的年轻的女主人之间建立了友谊，随着岁月的流逝，她们的日子渐渐地越来越好过。当女主人出嫁时，婢女作为她的嫁妆之一，随同女主人去她丈夫家，有时候有的婢女被女主人的丈夫纳为妾，其身份有所提高。

中产阶级家的女童奴婢

但在中国绝大多数的女童奴婢没有这么容易改变命运，富裕的中产阶级以最残酷的方式滥用奴婢。无论是在中国还是在非洲，在奴隶主的世界，奴隶主对待奴隶如同对待他的绝对的财产。

第二节　一夫多妻制

一夫多妻制

一夫多妻制盛行于中国的官员和富有阶层中，而一妻多夫制只在很少的一些地方发现。我已经提到，实行一夫多妻制是中国的“孝道”思想的一种体现。在中国有一句俗语“不孝有三，无后为大”，也就是说，没有生男孩就是最不孝顺父母。因此，一夫多妻制对解决没有孩子和没有男性后代的问题是极其有利的。所以，我们必须承认，性欲不是唯一的，甚至也不是主要的在中国实行一夫多妻制的原因。

传宗接代对婚姻的影响

我们的一个基督徒离开了成都几天，去乡下看望他的妻子，因为有消息说她快要死了。他回成都后说她已经去世，被埋葬了。我很同情他。几个月后，他带着他“生病的妻子”到医务室就诊。我惊讶极了。“但是，”我说，“我知道你的妻子去世了，被埋葬了。”“是的，但这是另一个。”他解释说，不是他娶了另一个，而是他原来就有两个妻子。似乎是他已经去世的叔叔没有男性后代，他作为一个年轻人，为了延续家族——他叔叔那家分支，被他年长的亲戚要求娶了两个妻子，其中一个妻子的孩子由其叔叔家庭抚养，而另一个妻子所生的孩子则是他自己的孩子。

在仁寿，还有一个类似的案例。一个我们认为是诚挚善良的男基督徒，告诉我们他的婚姻故事。在他中年时，被他年迈的父母要求，娶了第二个妻子。因为他有一个兄弟没有儿子就去世了，为了让他兄弟那家分支能延续下去，他奉命给他去世的兄弟生养儿子，这样死去的兄弟的传宗接代责任可能会由这个孩子继续进行。

这两个男人是早在他们还未信基督教之前就娶了第二任妻子。这个习俗是中国人认可的，从中国人的观点看，这是完全合法的，是值得尊敬的，甚至是值得赞扬的。一个男人有两房独立妻室，他是她们的主心骨，一房妻子住在一个地方，另一房妻子与其有一点距离。这两个女人都是他的妻子，她们有同样的身份。这种形式与一夫多妻制有明显区别，一夫多妻制即一个人完全是为了自己的目的而娶几个妻子。而仅有第一次娶的女人，是他公认的妻子，其他所有后来娶的女人都是小妾。后者被视为家庭中完全受人尊敬的成员，依照她们被娶进家门的顺序，她们被冠以“二太太”“三太太”……而正房妻子就很简单地被称为“太太”或“夫人”。虽然每个妻子或小妾都有自己的一套寓室，但是她们都住在同一座房子里。太太可以索要并抚养小妾的孩子，如果她选择这样做的话，是因为这些孩子在法律面前是她的。

妾及其不幸

妾是家庭中受人尊敬的成员，但是她们在社会中的地位有决定性的差异。“娶妾”的方法和仪式相当简单。妾通常都是来自下等阶层家庭的女子，或者是娶她的家庭的婢女，她的漂亮面容及聪明才智赢得了男主人的欢心，因而娶她为妾。一个地位平等的年轻女子会轻视作为妾的婚姻，她会想尽办法得到其他人都在她之下的地位——妻子。中国人精心守护妇女的贞洁，而且她们周围有许多传统的安全措施，不忠诚的妻子会被野蛮残忍地处死。全体人民的良知强烈反对任何动摇婚姻关系的行为，甚至因为孝道而实行一夫多妻制的习俗，人们也会在一旁低声或耳语议论有关纳妾之事，因为它不是普通谈话的适当话题。而有些情况下，妻子表示同意，甚至劝丈夫纳妾。在大多数情况下，纳妾成了一个家庭争吵的话题，伤心流泪的主要原因。一夫多妻的家庭里女人之间争吵，其丈夫常有残忍的一面。在中国西部我们的一个传教点，我们与一个官员家庭相邻居住了一年。据说那家的老父亲曾经在气头上将他的一个小妾斩首，但是从来都没有被要求解释其所为。我们没有理由怀疑这个故事的准确性。

为什么女人们不停止争吵？从这种不自然的关系中还能期待什么呢？而且，这些不幸的妇女很少有人能读懂自己的语言。因此，她们没有书籍或报纸，除了流言蜚语，她们没有什么可谈的。她们没有什么事情去消磨时间，当然就有大把时间花在妒忌和争吵上了。

第七章

中国女性的现状及变革

第一节 中国女孩和妇女

女孩受到精心保护

中国的女孩虽然没有基督教国家的妇女自由，但是她们与其他非基督教国家的妇女一样，不会与世隔绝。小女孩几乎像小男孩一样，在院子里甚至街上玩。有时他们上同样的学校，并且在同一个教室学习。但是当她们长大一点，大约十岁或十二岁时，她们会被带离学校，或者被送到女子学校。无论在学校或者在家里，她们都被父母或者看护精心保护着，直到安排好婚姻后。婚姻是由家长替年轻人做的主，虽然家长可能与他们商量，但是年轻人难得说一句话。

妇女上街

婚后直到有了第一个孩子，年轻妈妈才享受到一定的自由。她也许会去街上看近邻，或许到教堂去上主日学校而不会被迫乘轿子。我一直讲的都是普通劳动或商人阶层的妇女，知识和官员阶层的妇女很少徒步上街，她们必须要召一顶轿子，多数妇女特别是年轻妇女，必须把轿子的窗帘放下，以确保她们不被他人看见。在过去几年里，这方面的变化是显而易见的。间或在街上可见到妇女与随从同行，她们为她们的自然足以及她们新发现的用自然足的自由而骄傲。1909年3月，四川总督的夫人与几位随从，参观了在成都南门外一英里的年度大展览。她走在一大群各阶层人中间，随意参观景点，因引领新习俗而自豪。到目前为止，这些敢在街上散步的中国女士，既没有受到丝毫侮辱，也没有任何不方便的经历。中下阶层的老年妇女任何时间走在街上都没有尴尬而且很自由，她们没有遇到任何人的不尊重或侮辱。

女孩在家中的地位

一般来说，女婴在中国家庭不受欢迎。这是信仰和习俗的原因，最重要的原因可能是传宗接代。为了保持这种传宗接代，要儿子是必须的，因此女儿对于家庭来说不如儿子重要或必需。女儿一旦到结婚年龄，十三至十五岁，就嫁到别人家去了。因此，她们不是家庭的永久成员。再者，大量的中国家庭是如此贫穷，他们认为自己赚不到足够的钱去养“多余的嘴”，即新增加的家庭人口，特别是当这多余的嘴是女孩。所以他们很快就把女婴处理了。可怕的做法是窒息、溺水或活埋女婴。在中国西部见不到这种做法的证据。游客看见 和听见的都不多，但是医学传教士从他的病人那里了解到了事实。前几年，我们问病人：“你有几个孩子？”他答道：“四个。”我认为得到了确切的信息，但我被病人的回答误导了。后来，我学会了加问一句：“还有几个女孩？”然后，我得到了进一步的信息“三个女孩”。四个男孩和三个女孩，换句话说，总共有七个儿女。重要的孩子是男孩，女孩是如此不重要，她们不被常规计算在家庭成员内，可见女孩不受尊重。这是与家庭里的男孩相比，衡量对女孩的尊重程度的方法。

杀婴及其原因

一些母亲宁愿杀死她们的女孩而不情愿让她们的女孩受缠足的折磨。但是贫穷是最常见的原因，父亲常常比母亲更负有责任。我想起一位到我们诊所来的聪明的农村妇女讲的故事：她的几个女儿都被孩子的父亲杀了，有的被活埋，有的被扔进粪坑。她丈夫说他赚不到足够的钱养她们。她讲话时眼睛里含着眼泪，还说："你们不知道在农村有些男人有多么残忍。"类似的故事我从其他人那里也听到过。这种事情在城市里就少得多，部分原因是社会舆论不支持这种事，部分原因是发现有其他处理女婴的方法。从出生几天的婴儿到一至两岁大的女孩被弃在街上、一些院子的门口，或者是放在知名慈善家庭附近的路边。有一小捆稻草垫在薄布包裹的婴儿下面，把她与地面或冰冷的石头隔开，一张纸钉在她的衣服上，写有最重要的"生辰八字"——她的出生年月日和出生时刻。当然，没有写她的名字，因为这会暴露她的父母，她的父母不想让人知道，因为按照中国人的道德标准，父母遗弃他们的孩子是一件可耻的事。"生辰八字"很重要，因为如果她生存下来，安排她的婚姻就需要她的"生辰八字"，她死后做灵牌也需要她的"生辰八字"。我很多次看到街边和房屋门口丢弃的小女孩，这在早上和晚上非常普遍，因为那时户外人少，丢弃小孩的行为不易被人看到。躺在那里的小女孩，因为冷、饿，有时可能是疾病和疼痛而凄惨地哭泣，丢弃者希望有好心人捡起小女孩并收养她。我们成都的詹妮·福特（Jennie Ford）孤儿院就收养这些可怜的弃婴。在城市，正如所期望的一样，这些可怜的弃婴常被人捡起，但是许多弃婴被疾病、苦难或饥饿折磨得如此衰竭，即使有最好的照顾也活不了多久。

早订婚的理由

另一种“慈悲”是早订婚，这是中国的习俗。从小孩出生到十二岁至十五岁的任何时间都可以订婚。有一个记载，两个邻居妇女在她们孩子出生之前就达成协议——如果将来她们生的小孩是男孩和女孩，这两个孩子就订立婚约，而且这个协议被执行了。这也许是许多类似事情之中的一件。富人和官员阶层的女孩二十岁之前可以不订婚或不结婚。后来这种现象更突出。这事就像缠足一样，习俗和时尚是其普遍原因。很早订婚在贫穷阶层特别普遍，因为小孩年龄更大其花费就更多。幼年时期订婚只需要五十美分或者一美元，最多不过两美元。然而，稍晚点订婚就需要十美元或者几十美元。早订婚的另一个理由是算命先生的建议。这个无知的骗子说出各种理由让自己占优势，他建议小孩早订婚，否则将会有灾难来临，所以，孩子的父母会马上寻找合适的小孩与自己的小孩订婚。早订婚常常被执行是因为实惠。家庭债务或其他不利境遇，比如父亲去世或父母双亡，小女孩没有适当的监护人，订婚是对她最合适的安排。再者，一个妇女往往为她儿子安排订婚，这个小媳妇一旦长到能做活路时，就被送到她的婆婆家。她是她未婚夫家的女仆、苦力和奴婢。即使在富人家庭中，有时也不过是美元和美分的事。早订婚不仅成本低，而且家里有一个儿媳比请仆人还便宜。如果婆婆伤害或殴打仆人，仆人会辞工离开她家，但是儿媳就得全部承受，当婆婆辱骂或殴打她的时候，她还得一如既往地做家务。

早订婚的恶果

早订婚的罪恶结果是错误婚配，在结婚后就明显表现出来了。1900年11月在上海召开的妇女大会上，卡尔弗韦尔女士（Miss Culverwell）报告了她注意到的一个非常悲惨的例子：还是小孩子时订婚的一对夫妻，长大后男人成了十足的流氓赌鬼，浪迹于街头。那个女孩，她家人都是农民，她是家里最小最受宠的孩子，长大后成为一个温柔、漂亮又聪明的女孩。想到要把她嫁到那个邪恶的家庭，她妈妈的心都碎了，那家人毫无疑问会把她卖个好价钱。女孩的妈妈想了很多办法退婚，但是不行！那男人死活都要那个女孩。没有法律来阻止这件事，因为女孩的妈妈没有足够的钱通过衙门来解决这件事。最后她妈妈心碎而亡，女孩也试图自杀。她先吞鸦片，后投河，被她的亲戚救起并送到她丈夫家。这种残酷的经历是我们这些生活在基督教国家的人不可想象的。

因为他们在幼年时期订婚，而没有法律让他们解除婚约，中国的年轻男人一次次被迫娶白痴女孩，这些女孩连生活都不能自理。

不分家的麻烦

反对“分家”在中国是根深蒂固的。也就是说，儿子把妻子娶到父母家里，妻子可以在家照顾婆婆，这被认为是正确的事。一家可能有三个或四个媳妇，她们之间可能有和谐的，但是很少。媳妇会被虐待，许多媳妇某种程度上是逆来顺受，但是她的这种态度，不会减少她婆婆经常发出的可怕的愤怒。家庭中的不断争吵使家庭的所有成员生活非常痛苦。就刚结婚的基督教青年来说，我毫不犹豫地建议他搬出来，建立自己的家。结果证明这样的安排是明智的。

一个真实的爱情故事

中国的婚约是神圣不可侵犯的，但是正如改变其他习俗一样，新的中国将改变这种习俗。事实上，这些改变已经在进展中。一个很明显的例子是不久前在成都我们的一个基督教年轻人，当他十五岁或十六岁时，他守寡的妈妈让他与一个可敬的邻居女孩订了婚。他的妈妈不是基督徒，她选的女孩也不是基督徒。然而这个女孩有一笔可观的嫁妆，这在中国时兴。他妈妈认为这婚配是很理想的。但是可惜了她的计划，她的儿子好几年前就已经是我们的学生了，他是我们成都学校的助教。有时候在教堂，他看到女差会办的女校里有一位学生兼职教师，这位年轻女士是一个活泼热心的基督徒，一个好学生，还是一个成功的老师，被人称为“爱神”。他们彼此吸引。后来我们知道，年轻人在他的家里就有麻烦了，因为他希望退掉他妈妈安排的婚约。他声称那个与他订婚的女孩不是基督徒，她非常无知，没有受过教育的优势，而且是缠足的。再者，他认为关于他的婚约他妈妈应该与他商量，但是他妈妈没有这样做。他希望从婚约中解放出来，让他可以娶那位年轻老师。为此，外国传教士尽最大努力拿出公平和诚意多次参与商讨会议。我怕那位年轻人得不到足够同情去打破长期建立的中国习俗。但是他下了决心，而且最终成功了。第一个婚约解除后没有严重后果，而几个月或一年后这两位年轻人幸福地结婚了。

妇女的地位

中国的丈夫不会与妻子同坐一桌，除非是贫穷阶层。当他们上街时，丈夫从不与妻子一起走，女人与女人一起走，男人与男人一起走，或者单独走。近年来我们的传教士女士们自由走在街上，没有遇到丝毫不愉快。但是我记得，当我和我妻子第一次一同出门的时候，我们确实引人注目。我们的女街坊传说我们上街的事时，还说如果她们的丈夫能像传教士丈夫那样，肩并肩地与她们走的话，她们会很高兴。可怜的中国人的妻子！中国人的妻子不受人尊敬，特别得不到她丈夫的尊敬。当我们拜访一个中国朋友时，我们在他家里从未见到他的妻子。她小心地离开他人视野，但是有任何需要时，她就出现，她不会被介绍给客人，她完全在她丈夫的尊严之下。如果丈夫在谈话中偶尔提及其妻子，他不称她某某夫人。无论是在事实中或者他的尊严上，他的妻子与他都不相等。她没有受过教育，不会读写，对书本和生意一无所知，对政府和法制一无所知。她不是一个合作伙伴，为了她丈夫的高升，为了家庭，为了她丈夫家庭的传宗接代，她是一个必需品。她是她丈夫的财产，也许她会被他放在遗嘱里。丈夫与妻子离婚非常容易，但是妻子想

一个基督教家庭（传教士与其妻儿）

与丈夫离婚是不可能的。如果他想打她，他就可以打她，而且他间或这样做。她是他的财产，他为什么不能任自己高兴而为？我有一个上臂骨折的女病人，她不停地讲骨折是怎么发生的——她试图抵挡她丈夫的殴打！这里的俗话是，女人要服从：作为女儿，要服从她们的父亲；作为妻子，要服从她们的丈夫；作为寡妇，要服从她们的儿子。虽然再婚被人们认为不光彩，是对死去的丈夫不尊敬的行为，但是寡妇通常会再婚。

第二节　女医学传教士

中国是女医生的用武之地

中国给女医学传教士提供了世界上其他地方无可比拟的机会。这是因为中国非常需要女医生，而且女医生比男医生更容易接近这些妇女。在中国我们没有专门为妇女提供的场所，妇女也没有被专门隔离。少数妇女到我们综合医院由男医生治疗，但是更多的妇女自由地来我们女差会医院由女医生治疗。这是疾病给中国妇女带来最大痛苦的时代，对于妇女特有的疾病和妊妇的临盆期，女医生有最大可能的优势。

缠足导致的疾病

除了少数疾病，妇女会患男人患的常见病。缠足是导致妇女患病的直接或间接的原因。直接原因：很常见的是缠足所导致的疼痛，并且导致足骨疾病，脓肿和窦道会形成，孩子常常患病而亡，或许她会存活，但是脚却永久残疾，所以她走路困难，甚至不能走路。间接原因：脚被缠住了，疼痛和缺少锻炼导致她食欲降低，她变得苍白消瘦。一个中国妇女意识到她可怜的缠足不美观，除非遭遇强烈抗议，她是不愿意取掉绷带暴露她的脚给男医生看的。但是她愿意让女医生看她的脚、治疗她的脚，而没多少勉强。

一般疾病

由于缺少锻炼和其他原因，妇女患有很多消化功能紊乱疾病，伴有很多不同症状。她们同样患咳嗽、感冒、炎症、发烧、眼睛和皮肤的疾病。

中医中药

但是当中国妇女需要治疗她们的许多“妇女

病”时，她们会请中医来诊治。中医通常表情认真地摸病人脉象，然后开出有许多药的处方。她们一剂一剂地服用难吃的药，但是有时病情不见好转，甚至恶化。然后她们得到她们姨妈或祖母给的秘方，她们自己或者派可信的人去田野或路边拔她们需要的草药，然后照通常方法熬煮，取其汁而服。

妇女生小孩时的医疗保健

当妇女生产需要最好的技术和医疗照顾时，她们受苦最大。在这个时候，她们不请医生，而是请接生婆。一些接生婆缺乏卫生和护理一类重要性的知识，而且爱管闲事和冒险，就像19世纪英国文学作品里邋遢又酗酒的悍妇接生婆。她们处理难产的方法令人不能容忍，愚昧和实际操作显示出残忍。这种难产拖延好几天，产妇痛苦且疲惫不堪，直到死亡才得以解脱。这种病例并不少见。不少中国妇女在经历了因忽视和错误处理导致的无尽的折磨后，得到女传教医生迅速有效的救治而得以成活。

中国妇女请女传教医生诊治

女传教医生获准去中国妇女家里，而男传教医生不能。女传教医生被轿子抬进病人家院子的内院，很快进入妇女的房间。许多妇女和女孩们围着女传教医生，她们立即有了信心。女传教医生一次次听到“之前我不知道有女医生，否则我早就去你那里了”之类的话。她们确实来了，各阶层的都有，富商和官员的妻子和女儿、中下阶层的妻子和女儿都有来的。这些阶层的代表间或会去看男医生，但是毫无疑问的是，她们更自由地来接受女医生的治疗。那就是说，她们来的数量更多，而且她们对女医生敞开心扉，而不会对男医生敞开心扉。

因此，女医生对中国妇女的影响更深。中国妇女的呼声更大更迫切，加拿大和其他西方国家的基督教妇女可以帮助她们。

已婚传教士妇女的传教工作

有时人们认为，在中国，单身女性适合给中国妇女做医学传教工作是理所当然的。已婚女医生所有时间都在照顾家庭和孩子上，而没有积极参加医学传教工作。这个观点，我完全不同意。在加拿大，虽然承担婚姻生活的责任，但女医生并不总是停止她们的医疗工作。而且在加拿大，大多数有组织的基督教工作是由已婚妇女做的。在中国，单身女性和已婚妇女都需要花时间照顾她们的家庭。孩子们占用了已婚妇女的时间，我根本不认为家里可以不要孩子，没有孩子的家庭不完整，而且，每个家庭至少应该有几个孩子。但是已婚妇女有能力雇用帮手，而且还可以把她的帮手训练得更有效率。此外，在中国没有像在我们国家需要花很多时间参与的社会责任。所以，在中国如果一个已婚妇女有花在她家庭之外的责任上的时间的话，很多已婚妇女就能为社会做这些工作。自然，已婚妇女不能像单身女性那样花很多时间做基督教工作，但是起码她能接受并传播福音。我公正地判断，这些差会没有有组织的系统的基督教工作给已婚妇女做，这些已婚妇女是医生、护士、老师或者是天才的福音传教领袖，她们是没有被充分利用的宝贵的资源。

第八章

教会医院及诊治病人的经历

第一节　教会诊所

单独教会诊所的优势与缺点

教会诊所通常和教会医院相联，但有时又是单独运行的。因此，单独的诊所有时可能是教会院坝里的一间空闲的房子，诊病和发药均在这间房子里完成。只要医生在家，病人任何时候都可以过来看病，医生也是依次一个一个地诊治病人。如果病人有能力支付，医生可能会要求病人支付一点小的费用。有时有一个助手协助医生工作，有时没有助手。教会医生的妻子通常是他唯一的帮手，她负责分发所有的药品，做大部分包扎工作，并且负责这个只有一间房子的诊所里的一切其他事务。这样简单的工作形式有一些优势，医生能够有机会近距离接触他的患者。病人来到医生租用的院坝的一间房子里，在这种不正规的诊所里，医生就有一个好的机会对病人传播福音。但是这种诊所也有不好的地方，比如很多患者抱怨他们在诊所不能得到妥善处理，有的病人需要观察几天或者几个星期，而诊所没有床位；或者有的病人需要做小手术，而在诊所不能安全完成。所以所有教会诊所的医生都迫切希望给他们配备医院床位，并且配备适当完整的医疗设备。

教会医院的门诊部

教会医院的诊所通常被称为“门诊部”，而且比上面提到的单独诊所的结构要健全得多。医院的门诊部，有一个很大的候诊室，一个大诊断室，一个私密小诊断室，一个外科包扎室，一个用来检查患者的眼睛、耳朵、鼻子和喉咙的暗房，还有一个药房。它既与单独诊所有相同的功能，又有更多的作用，并且运行起来比单独诊所更节约时间和精力。

候诊室

首先，讲讲候诊室。候诊室摆放着适合五十至一百人坐的长凳。这里光照很好，并且墙上到处装饰着福音传单、海报、日历等，这样方便大家来看。在这些海报当中可能会有“禁止随地吐痰、禁止吸烟”的警示标语。在门边有一个挂号处，所有的病人都要在那里登记他们的名字、住处、职业和年龄等。每个人都只需要象征性地支付一些挂号费，大概一点五美分。缴付这些费用后一个月，有时甚至更长时间，病人再到医院看病就不需要支付挂号费。每一个病人都有一个门诊号，写在一根细长的竹条上，并且有一张处方单。拿到这些东西后，病人就可以坐在候诊室里等待就诊。我总是在正餐后就立刻给人看病，一般是一点或一点十五分。在那之前的十五至二十分钟里，医院的福音传教士会登上候诊室一个稍微高一点的小平台读一段《圣经》，并且加以解说。有时是外国的医学传教士代替中国的神职人员布教。总体上来说，患者们听得很平静，从没有反对的。他们也许漠不关心，也许偶尔会轻视外国的说教，但在那里，至少在外表上是带着尊重的态度的。

诊断室

到了预约的时间，患者一次十个一组被请进诊断室。病人中百分之二十至百分之三十是妇女。她们最先被邀请进诊断室，只有当最后一个妇女看完病后，才让男性患者进入诊断室。患者进入诊断室后会坐在一条靠墙的长凳上，等着一个一个地到医生旁边的座位上进行检查、诊断和开处方。有伤口或溃烂的人会被送到外科包扎室，在那里有为他们进行特殊治疗所需要的设施。对于一些特别的检查，有针对个人的单间小诊断室和暗房。但是迟早每一个人都会拿到自己的处方，然后到药房去拿药。在这里病人把处方递进柜台，由我们的中国助手照处方发药，并且对病人进行指导，详细地告诉他如何服用。患者随后经过道回到医院大门，然后出医院走向街道。

医生如何传递福音

当病人和外国的医生在诊断室的时候，医生会给病人一个福音的小册子或者传单，告诉他们拿回家去看。传教士也许会在人们的心里种上一些福音的种子并且希望这些种子能生根成长。在候诊室，每一个病人都会听到福音的布教，他能看到墙上的宣传海报或者听到挂号处人员的宣传，挂号人员有可能是一个基督徒。我们试图通过这些办法完成这个伟大的使命。尤其是在做善事时，在减轻人们的悲哀和伤痛时，在热心的帮助和鼓励中，我们试图给予一些生命和爱的信息，这些信息能够驱走气馁，鼓励虚弱的内心，安慰任何地方任何民族的人们悲伤的心。

早年在中国西部的一些经历

在中国西部开设诊所的早些年间，我们有一些很古怪的经历。那时人们对外国人很怀疑，充满了不信任。他们不了解我们，怀疑我们来到中国的目的，我们开展免费医疗工作的目的成了一些根本不了解我们的人茶余饭后的话题。很多来到我们医院看病并受益的人现在仍然对我们的无私充满怀疑。那些人认为我们的名誉之低劣，认为我们外国的医疗传教士有最坏的动机。一次，两个女子来到了我们诊所，站在靠近墙的地方，小心地留下了一条门缝，表情警觉。毫无疑问，她们做好了一旦遇到不测就逃脱的准备！

一个患者拒绝接受我的好意

多年以后我遇见了一件趣事，我感到好笑，但恐怕那个可怜的受害者没感到有趣！一天，我发现一个人站在坐着候诊的人群中间。我很有礼貌地请他像其他人一样坐下。他解释他不能坐下！他臀部的关节由于疾病变得很僵硬，让他坐下太困难了。我邀请他到单间小诊断室，在那里我们有一个藤编长沙发。这个沙发是当地生产的，在沙发的一侧有一个矮扶手。我把藤沙发放到靠近窗子光线好的地方，但这样就让那个扶手在外侧了。我让我的一个助手去叫正在前院工作的木匠，为了节约时间，我让他告诉木匠带上锯子、凿子和榔头。我想让木匠把这碍事的扶手取下来，这样我的病人就可以躺在沙发上了。我叫那个病人在那里等一会儿，我要替他检查。与此同时，我回到了大诊断室去诊治其他病人。很快，我那位可怜的臀部关节僵硬的病人摇摆着走过来了。我想他可能误解了我的意思，我问他怎么了，他搪塞说他要出去片刻。我继续诊治其他病人。木匠很快就把沙发扶手取掉了。然后我叫那个臀部关节僵硬的病人到小诊断室来，我到处找他，却没有找到。经过询问，我知道那个人从医院的大门出去了，临走时他面带惊恐，以他那跛着的双腿能够承受的最快速度走出了大门，走向了街道。他一定把我需要锯子、凿子和榔头的意思理解错了，并且为他惊险的逃亡而暗自高兴。

每天五十至一百个病人

每天大概有五十至一百位病人来看病，我通常从下午一点钟一直忙到晚上。曾经有几周，每天有一百三十至一百五十个人来看病。这就是我一个下午要做的所有事情。有时到七点钟，天已黑了我们才结束工作去吃晚饭，我们是又疲倦又饥饿，但是我们又为有这么多服务的机会而高兴。

第二节　教会医院

对教会医生的信任渐渐增长

决心要住院的那个病人

在挤满诊所的病人中，我们选择那些适合住院治疗的病人，邀请他们住院。1900年以前，劝说这些男女病人相信我们能治疗好他们的疾病是很困难的事。他们犹豫不决是否来住在外国人的房间里，继而在外国人的掌控之中。起初我们邀请到了少量的病人住院治疗。几年后，他们对我们有了信任，现在我们把中国病人收进我们医院住院治疗已经没

1896年，成都仁济女医院

1896年，成都仁济男医院

嘉定医院

有丝毫麻烦了。的确与教会工作一样，问题是我们要在自己要求住院的病人中选择更合适的。例如，有一天，像通常一样，我正忙着诊治排好号的病人时，一个男人来到我的诊断桌前，迅速抛下几百元钱说："这是我的伙食费，我是来治病的。"我急忙向他解释我必须对他进行全面的检查，诊断他的状况，然后再决定他是否适合住院治疗。他说他的一个朋友，曾经在这里接受治疗，已经康复回到了他的村子，所以他也带着他的几天饭钱想要直接入院。我们最多只有二十五张床，而那天，我们只有一张空床，我想把名额留给最适合的病人。我们的床位通常都是住满的，常常有好几个病人在排队等候床位入院。我把这个情况解释给那个人听，并且发现他是那种只需要每周到药房取三次药，住在旅店或者一个朋友家里休养就能康复的病人。男子恳求进入病房，但是我必须有强硬的立场，我告诉他那是绝对不可能的，他必须带着药回家然后在每个复诊的时间前来接受治疗。他拿着他的处方离开了。第二天，我刚刚开始查房，就发现这个病人安然地躺在我们的病床上。他说他已经住院了，显然他成功了。他大概跑到病房里，用对我说话的口气对病房工作人员说“我来住院了”，病房里的工作人员以为这是一个从正常途径进来的病人，就把他带到了洗澡间进行了常规清理，然后给他安排了床位。

在医院病房有难得的接触中国病人的机会

在病房里我们有绝佳的机会了解患者，我们可以近距离接触他们，他们和我们一起度过几天或几周的时间，有时甚至是几个月。我们每天都去看他们，一般是每天几次。在病房里他们有足够的富含营养的食物、清洁的床单和病员的衣服，还有热心仔细的内外科治疗。

我看见病人初到病房时，很害怕并充满怀疑，但是到了第二天，在有机会和病房里的其他人交谈后，他们就和其他人一样高兴且面带笑容了。他们从其他乐意告诉他们的病人那里，了解到了外国医生的技术和热心，以及所得到的精心的照顾，所以他们有了信心。这是一场包括了身体健康和在心灵中传播福音种子的重大战役。

在医院中传教

每天在大病房或者医院的小礼拜堂里，由教会医生或者传教士负责礼拜，一位中国传教士担任领唱领读，唱基督赞美诗，读一段《圣经》，所有的患者都参加礼拜，并最终进行祈祷。我们把《新约》、赞美诗等基督教书籍都交给患者自由阅读，用大字体写的主祷文、十诫和使徒信条等整齐地装裱后悬挂在病房墙上。我们试图在每个医院都安排中国的福音传教士，我们要交很多工作给他做。现在我们一致认为，为了保证最好的效果，每个外国传教医生要做一定量的传教工作，他不能把所有传教工作都交给他的中国助手。我们的目的是在医院内外都营造并保持一种贯穿始终的基督教和福音的氛围，这样，每个到医院来的人就能感觉到一种并非来自人类的力量。

医院传教的成果

一个患者跟我们在一起的时间越长，他越容易被教化，也更容易成为一个基督徒。但我可以毫不掩饰地说，每一个病人跟我们在一起后，都对我们有了强烈的偏爱，我们确定这是对福音的偏爱。我们在医院给他们洗礼，但是他们是例外而不是规定，更多的人是在离开医院后在教堂接受洗礼。无论任何病人，我们都和他们交朋友，不管我们去哪个城镇、村落或城市见到他们，他们都欢迎我们，还把我们介绍给他们村子或城镇里的朋友们。我们通过这种方式交许多朋友，为实现我们心中的事业做准备。

中国患者

中国的患者是很符合我们希望的患者。我们的外科病患比内科病患要多，我想，这是因为准确的手术治疗比药物治疗更能向中国人证明其有效。他们乐意接受麻醉，也许他们并不了解其中的风险，并且他们能从很大的手术中很快恢复。在过去的十八年中，我们在中国西部的医院里做了几百例手术，至今还没有一例麻醉意外。当然我们也要选择手术的对象，而且尽我们所能地避免在医院中出现病人死亡的情况。在最初的八至十年里，我认为我们没有一起病人死亡的病例。如果发生的话，对我们将是灾难性的损失。因为中国人对我们持怀疑态度，特别是他们不了解事情真相的时候，他们很快会将病人的死归因于我们的邪恶动机。更甚者，他们能从中获取利益，哪怕他们很清楚地知道这之中并没有任何阴谋可言。举一个例子来说明：1892年秋天，大概是9月，史蒂文森医生（Dr. D. W. Stevenson）和我到中国不到一年，我去出急诊，去给一个据说病情非常严重的女人看病。我乘轿子去了一个和我住的地方比较近的贫穷院子里。这个可怜的女人在床上躺着，患了非常严重的霍乱。这种疾病还没有从这个城市中完全绝迹。我知道即使给她用药也难以让她康复，但是在病人丈夫的恳求下我答应了救治，并且希望她能够被救活，于是我给了她一剂药。我给她丈夫讲了如何照顾她的事项，然后就回家了。那天晚上晚一点的时候，又有人来请我出诊，称有一位老人昏倒了，可能是中风。于是我又坐着轿子去了与那天早些时候去的相同方向的地方，在经过了曲曲折折的路程后，我发现我竟然被带到了同一个院子，起初在黑暗中我没有辨认出来。我被领到同一个患者的房间里，发现这就是我白天不幸地用了一剂药的那个病人。她的丈夫走进来，快速走到床前，拉下被单，把已经死去的妻子的尸体给我看。我被骗来落入陷阱，我几乎不能接受，但事实就是那样了。上帝的眷顾降临在我身上，否则后果将会很严重。我注意到外面房间有一群男人和女人正在激烈地讨论，毫无疑问他们有不同看法。有些人说得理直气壮，很有自信地谈他们的主张，然而语调压抑地讨论其行动过程。另一些人则坚持另一个主张。那时我没有足够的中文水平听懂他们在说什么，但我知道这对我将是不利的。在他们争吵的白热化阶段，我快速而悄悄地穿过他们走到院坝里，然后迅速地坐进了我的轿子里。我很惊讶我没有受到一点阻挡，但我还没有逃离这个圈套。我的轿子被包围了，轿夫们试图把轿子抬起带我离开，但是受到阻拦。忽然轿夫的灯笼灭了，围绕着我的轿子发生了一场小的打斗。竹制的轿子并没有停留太长的时间，似乎争执中和平方占了上风，我的轿夫们抬起了轿子走到了街上，并没有耽误我回家的时间。一群喧闹的人跟着进了我们院子的前院，很快我们就知道了他们的目的。那个女人的丈夫怀里抱着一个婴儿，礼貌地索要他妻子的丧葬费。表面上，这是一起很简单的事件，是一个很直白的乞讨行为，我是否给他任何东西都是我的自由选择。但是我确信我面临的是一起很普遍的恶劣的敲诈事件。如果我拒绝施舍他任何东西，这位男子和他的亲戚们，将会不遗余力地将我们外国人毒死了他妻子的邪恶谣言传到整个街道，甚至传到整个城市。这样的谣言将会使我们失去患者，甚至引起打砸抢烧，也许还有流血事件。我们接受了善良的建议，决定给那个男人一点钱。他拿走了我们给他的三千块现金，在那时大概是二点三美元。我的私人中文老师通过他完美的技巧和说辞圆满地解决了此事。他建议我们支付这笔钱，然后他自己把钱递过去，以中国人的方式，他十分严厉地指责了以敲诈手段获得钱财的做法，然后他威胁说如果有人敢乱说一个字，造谣者将受到各种可能的报应。这群人拿了钱就离开了。我们以后再也没有听到有关这件事的消息，他们都听从了我老师的警告。

当我们不能治愈病人的时候

在我们开展医疗工作的前几年，如果让一个病人恢复健康的所有治疗方法都无效，这个病人会死在医院的时候，我们总是让他的家属带他离开医院。让医院病房里出现死亡病例是不明智的。我们担心邪恶的谣言会散布开来，造成损失惨重的后果。有时病人没有亲戚，我就把他送到街上的长者那里，他总是能够给这些可怜的人找到一个地方在那里咽气。这似乎很残酷，把一个要死去的人送走确实很残酷，但是这与中国人的想法十分一致。很高兴那样的日子已经过去了，我们不再害怕任何因为病人在医院死亡而导致恶果已经好些年了。我们在成都的医院有几起死亡病例，但我们丝毫没有麻烦。我们的机构赢得了受人尊重的地位。有一点必须承认，我们关系的改善与外国人在中国内陆普遍有更好的地位有关，我们再也不像过去那样受人轻视了。前几年群众对我们一无所知，现在他们已经了解到外国的威望和力量。我们与省上最高级的官员建立友好关系已经有好几年了，这在早些年根本就是闻所未闻的。大约是1902年，在成都的外国传教士第一次被总督召见，从那时起，传教士陆续受到好几次召见，并且不止一次被邀请和总督及其他高官一起进餐。认识总督和那些高官的传教士，无论走到哪里都有威望和地位。多种因素使关系改善，医学传教士的工作毋庸置疑是关系改善的因素之一。

中国人和外国人的关系改善

关系改善之前，因为怕病人死亡导致谣言四起，我们害怕收病人住院治疗，现在我们能够接受住院病人了。一天，我们在医院大门口听说，在远处的阅兵场上躺着一个被长官惩罚后濒临死亡的人，我们让人把他抬到医院来。他因为犯罪被长官处罚，被竹鞭打烂的背部和大腿，因为没有接受及时的治疗，巨大的伤口变得腐烂并造成了更大的痛苦。被鞭打后他不能走路，在城市里又没有亲戚，他只能躺在阅兵场上，暴露在风吹日晒之中。他发着高烧，他的伤口溃烂，蛆从又大又深的伤口中爬出来，如果得不到救治，他很快会因暴晒和精疲力竭死去。因为这个原因，也因为他溃烂的伤口，我们不能把他和其他病人放置在一个病房。于是我们在医院洗衣房里给他安置了一张稻草床。在我们的精心治疗下，他的伤口开始好转，烧也退了，几天后他就能跟其他病人在一起了，病情稳定好转。但是即便他那时在医院死亡，我们也不会承受任何不好的结果。

第三节 我诊治的一些病人

一个想要成为乞丐的男人

在中国，贫穷随处可见，乞丐很常见，大多数人的生活处于距离乞讨仅一步的贫困状态。有时一个男子宁愿当一个乞丐也不愿意当一个自食其力的人，这样的人可能是一个很懒的劳动者，或者他有乞讨的特别资本。我们医院曾经发生的一件事情就是这样的例子。一天，一位下肢骨折的工人被人送到了成都我们的医院，几天前他从高处落下，造成了右脚踝复合性骨折。他是我见过的用夹板固定骨折部位的两位病人之一。一位“有名的”中国医生替他们用夹板固定了骨折处。这位病人痛得呻吟不止。移开他的夹板后，情况很明显，骨头暴露于外，伤口腐烂，这样的状况只有通过截肢来治疗。当我们把他可能要丧失一条腿的这个消息告诉他时，他似乎并没有惊讶。为了给他一个可能的机会，我们把他放在床上，彻底清洗完他的伤口后，经过几天的治疗，良好效果出现了。一天，征得他的同意后，我们把他放上手术台，为如果有必要的截肢手术做准备。让我们惊讶的是，麻醉后检查时，我们发现他的骨折处已经开始愈合了。我们没有给他截肢，而是再次清理了他的伤口，把骨折的骨头复位，然后仔细地用夹板和绷带固定好。当患者在病床上醒来的时候，发现自己还有两条腿，这让他很郁闷！我们当时很惊讶，不过后来我们才知道，我们的患者一直在打算改变自己的职业。对他来说当一个缺一条腿的乞丐比继续当一个木匠更有吸引力。

我们的朋友，这个患者，拥有一种让人难以忘记的毅力。他幻想着日复一日坐在街道边，获得富有同情心的人施舍的钱财，而他不需要回归到用工具努力奋斗的工作中去。那天夜里他解开了腿上的夹板和绷带，这危及了我们成功地为他所做的治疗。我们劝说了他，并重新把绷带和夹板固定好。第二天晚上他不仅解开了夹板，抱怨疼痛，并且在床上击打他的腿，他打得是如此的重，实际上已经第二次使他的骨头骨折。我们再一次对他的腿进行了固定，这一次我们用了铁制的夹板。我们确信他不会，也不能再伤害他的伤口了。天哪！第二天早上铁制的夹板已经掉落，伤口恶化到了前所未有的地步。我们该怎样处理这样执着的病人呢?

强制治疗法

现在传教士们都很乐意借助中国风俗的力量来帮助他们完成工作。众所周知，中国的成年人在父母去世之前都属于家里的“小孩”。如果他父母去世，那么他的叔叔就几乎要成为代替他父母权威的人物。我们找到了与这位病人最近的亲戚，这人恰好是他的叔叔。我们解释了病人的状况，由于我们无法做任何事情，我们让这位叔叔立刻带走这位病人。这位老人一边恳求我们继续收留这位病人，治好他的脚，一边责骂他的侄子。在讨论后我们同意收留患者，但以他叔叔要狠狠打他的屁股为条件。我们的要求立刻被接受了，我们找到了一根木条交给他叔叔，我们听到了响亮的木条打屁股的声音。

挨了他叔叔的打后，病人嚎叫得比他前几天的呻吟还大声。我们得到了他叔叔的授权，以后我们有必要的时候也能做出与他叔叔对他做的相同的事情来。那天晚上，绷带和夹板都保留完好。

我不知道我是否要讲讲接下来的“好戏”。第二天这个病人在脖子上系了一根绳子，声称想勒死自己。这似乎就是那种实施他叔叔赋予我们责任的状况了。我们行动了！我们只轻轻地用木条拍了他屁股几下，以此纠正他的错误行为。在这之后，我们再也没有任何麻烦了。病人的伤口很快恢复了，几周之后他双脚健全地离开了我们。我相信他会不情愿地继续他的木匠生涯。对于我们来说，在做善事的时候，同时了解到了这群人的一些奇特品质。

为一个小男孩恢复视力

我们必须要医治的最具有治愈希望的眼病，是一种让很多人失明的疾病——白内障。对于我的第一例患者，我记忆犹新。那是一个大概十二岁的男孩，他是我们在嘉定开展医疗工作时过来的。他双眼几乎失明，必须被人牵着手走。他的母亲带他来，很高兴地把他留在我们医院。他在我们医院的院坝里走动，就像多数盲人一样，要借助一根棍子行走。他的脸很长，严肃而鲜有笑容，而且我们很不容易与他展开交谈。我们先给他的一只眼睛做了手术，随后做了另一只眼睛，双眼手术治疗效果都很好。几天后，当绷带被移除，他被允许坐起来，并四处走动。他不需要拐杖了，很快走遍了医院的每个角落，笑着和每个人谈话，复明的结果使他性格上有了最具决定性的转折。他住院不到一个月的时间，他母亲对我们表达了深深的谢意后带着他回家了。

一个心存感激的老人

一个老人来到了我们在成都的医院，他两眼都有白内障，他来到我们病房欣然接受了手术。当我们移除他的绷带后，我注意到他在数自己的手指。另一天他能够指出楼房里的每一扇窗户，不久后他又能够看清病房里的床位。最后，有一天早上，我进入病房，问他如何了。他高兴地回答我，他现在可以看得清清楚楚了。“退后，医生，”他说，“再远一点，在那里。”当我距离他大概有十英尺远时，他说：“我可以清楚地看见你。”他出院了，对我们为他所做的一切心存感激。他和那个前文提到的男孩一样，很贫穷，所以并没有支付医疗费用。两人都只支付了他们在医院吃饭的钱。后来我们听说老人出院后，很多时间坐在我们街道上的茶馆里，和所有去茶馆的人交谈，告诉大家他在外国人办的医院治疗的经历，说他瞎眼进的医院，出院时就看得见了。他的影响是对我们有利的，整个事件对我们的医疗工作很有利。这意味着我们所有部门的工作都得到了回报，因为我们都有一个共同的立场，就是举起钉在十字架上的耶稣基督。

杜老太太

我想提到的最后一个这类病例是关于杜老太太的，一个知名的基督教徒，我们成都教堂的一个成员。她七十多岁了，但是聪明睿智，并且有基督教体验。当禁止缠足运动开始的时候，她坚决要求解开自己的缠足布。我们几乎恳求她不要这样做，因为她年事已高，而且即使解开缠足布，她的脚也不可能长开回到自然足程度。但是她说她要做一个反对缠足的榜样，她真的就解开了缠足布。

她的视力开始降低，她找了一个又一个教会医生请他们帮忙治疗。在她的白内障能够治疗的时机成熟之前，大家什么也不能保证。与此同时，她的状况持续恶化，最后，大概一年或更长的时间后，她不能自己来教堂，除非有人手牵手领路。她也因为失去视力而陷入极大的悲伤。基督救赎了很多盲人，为什么不能拯救她呢？她向上帝祷告过无数次以祈求恢复光明。为什么上帝没有回应她呢？每次我们在教堂或其他地方看到她的时候，她总是先问："啊，医生，你能为我的眼睛做些什么吗？"她有一个纯粹的、强大的信仰，她通常还加上一句："无论如何，我到达天堂的时候应该看得清楚嘛。"让她更悲伤的另一个因素是她的儿子和媳妇开始抽鸦片并且成瘾，他们慢慢地挥霍了她的财产。她变得焦虑，常常为她的儿子和媳妇祈祷。她从家境舒适变得贫穷，她为自己的

杜老太太戴着从上海配来的眼镜和一个小女孩合影

将来担心。到最后她的眼睛总算到了能够安全进行手术的阶段。弗洛伦斯·奥唐奈医生（Dr. Florence O'Donnell）收她住进女差会医院，启希贤医生和我去帮忙给她做手术。杜老太太更频繁地祷告，并且感谢我们努力为她所做的事。她的眼睛愈合缓慢，但是当她准备离开医院的时候她的视力变得很好，她为此感到很高兴。弗洛伦斯·奥唐奈医生在上海为她定了一副眼镜。花了两个月的时间眼镜才到成都，杜老太太戴着很合适，她看东西更清楚了。事实上与她以往的视力几乎一样好，她是多么的感激和高兴啊！她不断地表达她的感谢，她既感谢我们用手术方法帮助她恢复视力，也感谢上帝提供了这些方法。她向布鲁克斯小姐（Miss Brooks）宣称，她的余生将致力于传播福音的工作中。"我的头发是灰白色的，"她说，"人们会听我说的，相信我说的。"她立刻开始到人们的家中去，告诉他们福音的故事，总是以她自己失明复明的故事加以诠释。这对杜老太太的性格和信仰有多大意义啊。她再也不气馁忧郁，出门再也不需要被人牵着用一根拐杖来探路，而是活泼地、高兴地、微笑着、快乐地活着。她的外表反映了她内心的快乐。

莫迪先生（Mr. Moody）曾经说过，这个世界上最大的快乐是一个人拉着你的手说，"在你的帮助下我从黑暗走向了光明"。我相信这种乐趣在我们帮助失明的人复明的时候到来了。这些所有的快乐是我们医学传教士最大的荣幸。

第九章

为中国培养医学人才

第一节　中国医学教育

包括医学院校的政府教育计划

清朝政府在其公布的整个国家的学校和学院组织计划中，明确地包括了医学院。计划已经制定了三或四年，除了天津的一所不完善的、举步维艰的医学院，政府一所医学院都没有创办。“天津的医学院创立于大约二十年前，最初是一所或两所医学传教团的学校，但后来由中国人在一些外国人的协助下接管。相当多的学生从这所学校毕业了，其中一些人已经证明是有用的人才，但他们所受的教育是肤浅不足的。”

政府尚未办医学院

政府几乎不会因为没有沿着这些教育路线取得更大进步而受到指责。自颁布废除科举制度和责令开办新学的法令以来不到五年的时间，由于同样的原因，因为时间不长，政府培养的适合学习医学课程的学生相对不够。

香港的医学院

早在1887年之前，在英殖民统治的香港，香港政府支持创立了一所医学院，它坚定地按照西医的原则和实践教育中国学生。1905年，香港政府捐赠了一个位于市中心的非常合适的地点，从那里到城市的几家医院和实验室很方便。1907年和1908年，一位居港印度绅士莫迪先生和一个中国绅士香港居民吴礼兴先生（Mr. Ng Li Hing），捐赠了一大笔钱，用于建设香港大学，也包括医学院。该大学主要面向中国人，但其他国籍的学生不会被拒绝入学。医学毕业生须在毕业后三年内用全部时间或部分时间为香港政府服务，且只领取固定的小额薪金。

德国人在上海创办的医学院

德国的一些医生在上海创立了一所医院和一所医学院，他们得到德国政府或多或少的支持。因为医学院计划完全用德语教学，迄今为止，大部分培训有必要进行德语学习。

第二节　教会医学院

在中国，有十三所由基督教主持的医学院已经开校，另外三所已经有了计划。

已经开办的医学院

城市	省份	学校	教会	使用的语言	创建年份
北京	直隶	协合医学院	联合教会	中文	1903年
北京	直隶	协合女子医学院	联合教会	中文	1906年
济南	山东	齐鲁大学医学院	联合教会	中文	1904年
上海	江苏	圣约翰大学医学院	美国圣公会	英文	1896年
苏州	江苏	苏州医学院	监理会	英文和中文	1883年

续表

城市	省份	学校	教会	使用的语言	创建年份
杭州	浙江		圣公会	中文	
福州	福建		圣公会	中文	
广州	广东	夏葛医学院	美国长老会	中文	1901年
广州	广东	南华医学院	广州医学传教会	中文	1903年
东莞	广东		礼贤会	中文	
汉口	湖北	协合医学院	联合教会	中文	1902年
武昌	湖北	文华医学院	美国圣公会	英文	1907年
长沙	湖南		耶鲁大学	中文	

筹建中的医学院

城市	省份	教会	使用的语言
奉天	满洲	苏格兰长老会	中文
南京	江苏	联合教会	中文
成都	四川	联合教会	中文

医学院所在地

值得注意的是，列表里那些在运作的前十所高校，位于六个省的八个城市里。在这八个城市中，北京和广州各有两所医学院，但是它们中的一所是专为女性开设的学院。这是一个值得注意的事实，即有十六所医学院已开校或在筹建中，有两所是针对中国女性的，并且已经开校。也应该注意到，按顺序命名的有十所医学院的这六个省，从北部的直隶到南部的广东，都是沿海省份。这是外国传教士到中国沿海省份早期工作的自然结果，因为在这些省份工作环境更优越。

在余下的三所已开校的医学院中有两所分别位

于汉口和武昌，这两大城市坐落于长江两岸，距离江口约六百五十英里。最后一所医学院位于湖南省会长沙，上述两座城市的西南部。

十三所已经开办的医学院有四所是由联盟机构所创办，也就是说，这四所大学由两个或两个以上的差会组建、管理和维持，其余九所大学都分别由一个差会维持和管理。有两所大学用英语教学，有一所用英语和汉语两种语言教学，另外十所用汉语教学。

教学所用语言

对于使用汉语还是英语教学的问题，在中国从事教育工作的传教士意见有分歧。使用英语或德语的好处是几乎对这些学生开放了世界所有的文献，因为各个领域的教科书和字典，以及当前的医学论文和杂志都是他们的需求。最大的缺点是“不仅要学好外语，而且要学深入、学透彻，更困难的是学习现代发展的医学技术所需要的外语”。

“用汉语授课，培养预科生的过程中就节省了大量的时间，能很快获得数量庞大的医学生。而且随着中文医学文献的稳步增多，我相信这项工作将是非常有效率的。此外，所有 的外国传教士，无论他们在哪个部门从事工作，到中国都要学习汉语，比起中国人在中国学习外语，生活在中国的传教士学习汉语就容易多了。在中国用外语教中国学生，不过是权宜之计，中国人自己的语言必定是最终的和永久的教学语言。在这方面，有趣的是，我们注意到北京协合女子医学院，学校使用汉语教学，而在整个六年的课程中每年都教学生学英语，‘其设想是以便学生完成学业后，能用所学的外语阅读医学文献’。”

医学课程学制

这十三所医学院课程学制由四年至六年不等，每一种学制的目的都是尽可能完成西方最好的医学院的全部课程。教职员都是由外国人和中国人组成，他们有三到十四个外国医生，以及人数不限的中国人。在大多数情况下，外国人都是医学传教士，但在某些情况下，他们是私人执业的外国医生，而不是传教士。所有从事教学的医学传教士，同时或多或少地在教会医院做医疗工作。

授予医学学位

由美国差会创办的三所医学院，根据美国法律注册成立，并具有经过他们的复核而授予医学博士学位的权利。北京协合医学院在清政府认可的范围内授予学位。“但是所有这些学校都意识到，他们的责任是巨大的，而且按照外国的要求培训医学人员，与给予现代医学执业证有很大的区别。但无论是否授予学位，当一个中国医生挂牌执业时，既不需要临床实践，也没有人提出任何这样的问题。如果一个护士被解雇了，他很可能成为一个医生。所以我们是否给予学位都不会影响任何当地助手离开医院，去做私人行业。这是一个责任问题，而不是控制问题。”

就我所知，除了两所学校，所有这些学校都是1900年以来创立的，他们为什么要耽搁这么久？以前的情况又是怎样？

目前传教工作在中国的发展

第一个到中国的基督教新教传教士是马礼逊牧师（Rev. Robert Morrison），他1807年在广东登

四川省财政厅和教育厅的官员接待美国芝加哥大学的张伯伦（Dr. Chamberlain，前排左二）、伯顿博士（Dr. Burton，前排左四）并与启尔德（前排左六）等成都传教士合影

陆。第一个到中国的医学传教士是彼得·帕克博士（Dr. Peter Parker），他于1834年到达中国。现在中国的四千个传教士中几乎四分之三的人到了广东。自然传教工作，特别是医学传教工作，在过去二十年里得到了最大发展。最突出的是在过去十年里。

失败的一个人的医学院

从一开始，教会医院就需要受过训练的中国助理和合格的中国医生。当时中国没有医学院，而且，我想，我只做了几乎所有其他医学传教士都试图做的事情——训练自己的助手。我认识到用“一个人的医学院”来作为一个大型且繁忙的医院的辅助措施是根本无法实现的。在找到称职的值得信赖的助手之前，医学传教士不仅必须是他医院的内科医生和外科医生，也是福音传道者、管家、护士长，以及地板清洗、洗衣房和食堂的监督及主管，还是总药师、配药师等。所以当他额外承担了教一个医学生的工作，几年后他确信他承担了超越一个人能胜任的工作。开始我和所有人一样是乐观的，但是正如其他很多人做的一样，不得不放弃。

医疗需求

“医学传教士在中国的每一个省广泛开展医疗工作，开拓医学教育的工作几乎完全通过增加和广泛延伸的传教医生的工作来完成。目前他们的数量超过八百人，有约四十名受过训练的护士，管理三百五十所医院和诊所。一年在医院内外诊治附近的两百万病人，并且在边远乡村地区传教医生还巡回诊治病人。这些工作已经不断做了大约五十年的时间。

“一个人意识到这种潜力，就会看到一大批或多或少受过训练的当地助手——医生、医学生、护士、护理员、敷料员等，已经成为辅助人员。人们欣喜地看到这一大批人一直在发展，它本身就有了要求在当地实行本土医师教育及医学实践的积极情绪。”

这是真的，一些人年复一年地努力坚持做培训当地医疗人员的工作，直到得到他们的一些毕业生的协助，才减轻了一点负担，现在许多学生已经毕业。一般来说，这种培训应该尽可能快地被取代，于是医学院应运而生。

“他们中的一些特别奋发健康的毕业生，到国外去并且带回了他们的劳动成果——取得外国的学位。回国后他们定居下来私人执业，或者被政府雇用，或者为他们欠教育费的差会工作。这类人的数量仍然很少，虽然人数逐年快速增长，即使到现在（1909年），可能也不到二十五人。”

为什么延迟创办教会医学院

直到最近几年，有两个主要原因导致延迟创办教会医学院。第一，有一些根深蒂固的观念：单独在一个传教站工作的医学传教士，有能力给他的助手所需要的教学和训练。第二，过去十年或十五年，整个中国的医学传教士数量非常少。只有当我们在一个大中心的一个或几个传教团开始有几个医学传教士的时候，才有可能联合协作进行医学教学，建立医学院。

我相信还有另一个原因，也许，这与刚刚提到的两个原因有同等的作用。那就是，只有在近几年，差会董事会，甚至是传教区的传教士已经着手负责医疗工作的观点被更广泛地认同了。换句话说，医学传教团不仅仅是一个开拓团，还是基督教宣传运动不可分割的组成部分。因此，医学传教团不是一个临时性的工作形式，当医学传教团的特有的工作完成了，它不需要撤回，它是在中国的每一个机构齐全的传教团的永久性的部门。这就是说，只有传教团其他部门的工作结束了，医学传教团的工作才能结束。

为医学院呼吁

如果这种医学传教团的观点是正确的，那么医学传教士就有责任使自己多能化，就像传教牧师发展传教士一样，在中国人中间发展医学传教士。由于牧师发展传教士的过程需要神学学校，所以医学传教士发展传教士必须有医学院。并不是说神学院会取代外国传教士的个人教学和领导能力，神学院是培训候选传教士的重要部分。传教士与候选传教士一起到处巡回传教——到传教站外去布道、分享十字架下胜利和失败的欢乐与悲伤等。现在很少有人会声称，后一种形式的培训足以为日益增长的中国基督教会的基督教牧师的办公室和工作做好充分的准备。换句话说，一个人的神学院，是福音传教士工作在教堂内外的辅助，但是支持不够，需求人员充足的神学院。所以一个人的医学院不足，我们呼吁创立人员配备充足的医学院，并且正在创造条件。“人们普遍认识到，做小事情的日子已经过去了，必须进行更大、更彻底、更先进的工作。普遍认为应停止在单独的医院教育学生的工作，送学生到中心学校去学习，在这里他们可以得到集中的合作教学的优势”，希望在这种情况下“要求和标准将都被提高”。

教会医学院的目的

教会医学院的目的总结起来就是一句话——深化差会的利益。虽然招收非基督徒学生，但是基督徒学生总是优先招收进教会医学院。这种强烈的福音气氛保持在学校的整体行为之中，许多非基督徒学生在学校学习期间信仰了基督教。最初的目的是培养中国年轻人在他们的人民当中做医学传教士。为了这个目的，学校所教的一流的教学课程和临床实习都完整不缺，学制长达四年、五年或者六年，而且通常都有丰富的在邻近教会医院实习的机会。当学生毕业后，他们就会：

如何解决医疗需求的大问题

1. 做教会医院助理，帮助给予他们教育的传教士。他们可以持续做两至三年助理，领取固定的小额工资，或者即使只领取名义上的工资。他们也可以选择无限期地持续在教会医院工作，这样他们可以得到基督徒的工作机会。那些学完全部课程，并有行医和做手术资格，同时又是年轻的虔诚的基督教员工的中国医学人才，将在适当的时间内给中国提供足够数量的医学传教士并解决医疗需求的大问题。在乐于施善的中国富人的帮助下，差会将创建更多更大的医院。这些医院将由中外医学传教士一起工作，而且将有更多的工作，由教会医院支付相对多一点的额外薪酬来雇用合格的中国人来做。

服务于国家

2. 在他们的人民中间做独立执业医师。他们每年都能减轻人们极大的痛苦，无论是传播福音还是提高人民的健康水平，这些执业医师都会发挥有力的影响。他们会是光明与知识的中心，倡导人民修建更好的卫生设施，改善生活卫生条件，一般来说，就是使所有阶层人的生活水平提高。按照中国的标准，他们能够很好地谋生，甚至可以积累大量财富。

医学毕业生做政府大学的教师

3. 做政府雇员，也就是说，他们可以在陆军或海军或大型政府机构担任医生的职位。最需要他们的机构是政府医学院，这些机构包括国家教育计划法令颁布建立的学校或学院。现在还没有时间组建和开设第一所政府医学院。政府目前还很忙——而且有必要先创立中小学教育系统，有了生源，才有条件开设专业学校。再者，现在唯一能找到的胜任这些医学院的教师的，就只有外国教师。原因很简单，这里几乎没有合格的中国医学人员。但是很快，中国政府将决定在全国开办医学院，而要开办医学院，他们必须要有合格的教师。这是基督教的一个绝好的机会，通过教会医学院，可以为中国基督教医生提供在政府的医学院里担任讲师和教授的职位。

教会学校的情况

中国官员对基督教学校有偏见，主要来自外国对他们国家的影响。这种偏见的表现方式是多种多样的。在两三年前，有一个规定：政府教育机构不为任何一所基督教学校登记。后来，另一个现在仍然生效的规定：任何一所基督教学校的毕业生都不允许在新成立的省立法机关选举代表会议中行使选举权。这些规定确实贬低了我们学校的声誉，造成了不好的影响。虽然他们没有表现出敌意，也没有限制不同教派的传教士在各等级学校的行为。我们的策略是巧妙进行，在中国发展不同层次的教会学校，目的是尽可能与政府学校合作，而且无论任何情况下，无论是在教育部门还是在其他部门，都努力营造避免伤害敏感的中国官员的环境。

中国西部教会的教育方针

我认为，在中国西部，传教士的总体观点是对任何有关政府认可或注册基督教学校的规定不发表言论。我们宁愿默默地进行基督教学校系统的稳步、有序的发展，尽我们最大的努力，致力于对被托付给我们的男孩和女孩学生，以及男女青年们的有效训练。我们相信，当道德品质良好的年轻人从我们学校毕业，同时展示了他们具有学识和处理事务的能力，中国政府将更多地关注这些事情，而不会在意老师的国籍，以及他们毕业的学校的名称。总之，这些年轻的中国医生会立即发现自己的政府需要他们，他们被任命为官办医学院的教授。他们在这些职位上能发挥影响力！好大的力量！是的，他们将培养成千上万的年轻人，他们将是这些学生思想和行为的典范。他们将开启医学人才的输出，这些学成的学生就像祝福的河流，他们从那遭受痛苦、疾病缠身的人民中脱颖而出，带着救济和治疗到他们去的任何地方。他们的教导往往将会使所有阶层的道德和精神以及身体得到提升，并将驱除迷信和无知，犹如光明驱走黑暗。

敦促支持教会医学院

那么，我用全部心声请求继续并增加支持在中国的医学院。我相信他们的工作形式是合法的，我相信他们是基督教传教士服务的最有效的方式之一。每一个医学院应该有更多的人、良好的建筑和更好的设备来加强。显然过去上帝使用了医学传教士，所以他将来可以利用医学传教士，为中国人民的崛起做一项伟大的工作。

第十章

加拿大英美会在中国西部的医疗工作

我们的医学传教士先驱

1891年，由加拿大卫理公会的差会英美会派遣到中国的传教士先遣队，由四位男士和他们的妻子组成。四位男士中有两名是牧师，有两名是医生。多年以来，医务人员与牧师的数量没有保持最佳比例，但无论如何，我们传教会强调医疗工作是一个非常重要的部分。这样的想法就是，如果可能，实施仁慈的医学传教工作总是与直接传教并举。

我们的医疗工作之初

成都——我们的第一站，在获得足够的语言知识后，医疗工作就由史蒂文森博士和我开展起来了。事实上，在我们学会语言之前就开展了。我将永远记住1892年11月3日这一天，这离我们登陆上海有一年了，一年后在成都选这一天开诊所就是为了纪念我们登陆上海那一天。我们在成都待的时间不到六个月，事实证明，我们到成都的时间实在太短了。第一天我们有十八位病人，以后病人持续增加。一周开诊三天，我们每天有五十至六十个病人。这样我们的诊所就不能满足需要了，于是我们赶忙在居住的大院新开了两个小房间，将男病人和女病人分别安排在里面住院治疗。不久每个房间里就有四五个病人。我们已经做了几个手术，有些病例还很严重，但是结果良好。有病人来得越来越多的趋势。

最初的医疗工作和语言学习

这时我们开始执行每周三天出诊，另外三天学习中文的计划。我们这样坚持了一两周后，发现关

来教会医院看病的麻风病人

病人在教会医院排队就诊

照门诊病人和住院病人、到病人家里出诊、做手术、做敷料和绷带等医疗工作占据了一周六天的时间，把我们学习中文的时间全部挤没了。我当然喜欢关掉诊所，以便我们有半年或一年时间持续学习中文。那时因为我们让中文老师一直在我们旁边，帮助我们与患者沟通，所以我们的医疗工作速度必然慢了很多。

我习惯于对在候诊室的病人发表言论或传教，但是不太流畅。即使能“自由”讲中文后，我离那讲得熟练的水准还是有一定距离。其他传教士也同意我的观点，认为我们医疗传教士非常有必要通盘学习中文。毫无疑问，医疗传教士必须要具备随意用中文向病人布教的能力。我已经在前面的章节中说过，这与1907年在上海举行的世纪大会所做出的决议相同。

身着中式服装的史蒂文森医生与病人

1894在成都建立的第一所医院

我们一直在一个租借的中国人的院子里工作和生活。1893年早些时候，我们在靠近东较场的四圣祠北街购买了一个中等大小的院落，那里的房屋经修缮并适用于三家人居住。1894年年初又在旁边添加了两个毗邻的小院落，于是成都第一所外国人办的医院成立了。

1895年在嘉定开展医疗工作

女差会的瑞塔·杰福德博士（Dr. Retta Gifford），于1893年2月抵达上海。总会的赫尔博士（Dr. H. M. Hare）于当年9月抵达。他们直到1894年2月底才抵达成都。1894年5月，杰福德博士和我结婚，我们随后很快被派往嘉定，一个位于成都南部，距离成都110英里的城市，在那里展开教会工作。

当我们安家在一个院落里，并且安排了一个大房间作为传教场地后，我们立刻就开展了常规的每周日的礼拜。很快我们租了一个毗邻的院落，缓慢的修缮工作影响了开展医疗工作的进度。我们于1895年的前四个月展开了医疗工作，我妻子医治女病人，我则医治男病人。我们每周开诊四天，两天给男病人看病，两天给女病人看病。我们对男女患者都考虑了足够多的住院人数，实施了很多手术。每个开诊日我们的病人都达到五十至八十人。

1895年的传教站

1895年，差会决定，赫斐秋博士（Dr. Virgil Chittenden Hart）和夫人、赫斐秋小姐、文焕章（James Endicott）夫妇和赫尔博士前往嘉定，我和我妻子回成都。这一调动在五月末开始，并且刚好在那年的教案发生之前完成。

1895年“成都教案”

“成都教案”发生于1895年5月28日下午，教案一直持续到在这个城市的所有教会财产，包括基督教和天主教的财产被破坏为止。我在这里并不想详细地叙述这场教案的前因后果。简而言之，就平民而言，针对传教士的身份和动机的行动，是被无知的猜疑所驱动，甚至是受高官所煽动。这些平民认为传教士是最低等的、心眼最坏的人，被自己的国家所驱逐，逃到中国以逃避其法律制裁。不管我们怎样布教、散发小册子以说明我们过来是为了他们好，都没有什么用处。对他们来说，这显然是我们的借口。我们必须承认，那时就是中国的最高地方长官，对于传教士及其国家和人民的认识都不如现在中国的学童。所以当传教士作恶的谣言在成都流传起来的时候，本地的教会成员再三要求当地行政长官发布公告禁止市民的无稽之谈并且平息市民

1895年，“成都教案”中被毁的成都第一所西医医院

的暴动，然而他充耳不闻。后来有证据表明他只是听从他上级的命令行事而已。我们的请求被忽视，谣言变得越来越恶劣，自然刺激市民的程度加深。在恰当的时机，人们很容易找到一个借口向我们的院落扔石头，直到我们在这个城市的所有财产都被破坏殆尽为止。

关于我们医疗工作的谣言

针对我们的医疗工作有些邪恶的谣言。一次，我们的一个医疗工作人员被叫去医治一个垂危的女子。他被叫去的时候为时已晚，回天乏术，但是对于她丈夫和亲人来说，却是为他们自己牟利的好时机。女子死后，他们立刻敲诈教会，教会毫不迟疑地拒绝了。这一事情很快就演化为“外国人杀死了女子”的谣言，她的尸体连续几天暴露在形形色色的好奇大众的眼前。她死了吗？她没有被外国人医治吗？显然是外国医生将她毒死的——当然是为了他可怕的目的！于是卑劣的谣言四起，直到中国的家长害怕让自己的孩子上街，担心他们会被可怕的外国人抓住“放到锅里煮了提油”。这些事情后发生了短暂的抢劫和焚烧骚乱。

试图定罪于医学传教士

在我们被滞留于地方官的衙门里的十天中，紧接着那场短暂的骚乱，城里迅速掀起了一场疯狂的暴乱。人们从贫穷区的墓地里刨出了死人骨头，拿到街上去用来当作外国人可怕行为的证据。他们公开地声明那是我们害死的人的骨头。一罐樱桃被人从传教士的储藏室里偷了出来，同样被公开展览，并被人大声宣布说是我们榨取婴儿的眼睛制成的药水。但是最令人震惊的阴谋诡计是将我们以莫须有的罪名抓住。报道说一个小男孩在发生暴乱的我们小教堂的楼梯下被找到，他被装在一个锡皮箱子里，他被找到的时候已经神志恍惚，因为我们给他用了某种药剂。最近他恢复清醒并且能够理解大家说的话，却变成了“哑巴”，但是他仍能笨拙地画出一些字符。他画的字符告诉人们可怕的状况，并叙述他不幸的遭遇。史蒂文森医生和我在衙门举行的当地长官会上跟那个小男孩对质，那个小男孩训练不够，表演拙劣。至于我方，我们拒绝讨论这起案件，因为我们知道无论我们说什么都会被扭曲成我们的自我谴责的恶语。我们拒绝接受当地长官对我们的处置。经过多次谈判，我们不再被审判而被放回家。他们的阴谋失败了，锡皮箱中的“哑”男孩毫无疑问很快就能说话了。可能也就是在这个时候，从北京发来的电报到了，电报严厉地命令“保护外国人并且平息民众”。

史蒂文森医生和夫人离开中国

虽然二十四小时之内，我们的财产遭到严重破坏，但是上帝保佑没有人员伤亡。所有在成都的传教士，包括一些其他地方传教站的传教士，都被护送到了重庆。基本上所有的人都被迫去了上海添置失去的财产。这对于教会来说是一个很大的损失，史蒂文森夫妇也不得不于1895年回到加拿大，再也没有回过中国。史蒂文森夫人在暴乱中经受了一系列的艰辛磨难，以致精神崩溃，她回国几年后才恢复。

1896年至1900年再次恢复工作

我们于1896年年初再次回到成都，并且立刻从事房屋和教堂的修缮工作，初秋开始维修医院。

教案后在四圣祠北街修建的英美会成都新医院

英美会重庆教会医院

我得以再一次在综合医院展开医疗工作。1896年11月，启希贤医生为女差会开展医疗工作，用的是租来的房子，不过经过了修缮改建。1897年3月，赫尔博士和文焕章先生回到了嘉定，赫尔博士很快就忙于用优质砖修建医院的工作了。在1896年至1897年间的冬天，差会补充了牧师、医学博士王雨春（Rev. W. E. Smith, M. D.），接着下一个冬季补充了牧师、医学博士余安（Rev. R. B. Ewan, M. D.）。1898年7月我离开成都休假，王雨春博士被指定负责成都医院。1899年7月，王雨春博士被任命巡回成都平原上的各传教分站，同时余安博士负责医院运行。一年后，1900年7月，由于华北爆发了非常严重的义和团运动，所有的传教士都被领事要求离开西南地区。我和妻儿休假结束返回，只在4月之前到过成都。然后我们又去沿海，和数百名传教士一起，在上海等着北方事件的结果。

在上海的传教士如何在义和团运动期间打发时间

我们逃亡到上海后时间过得特别慢，却没有被浪费掉。安排会议来深化思想生活，各教派的传教士自由参加；其他人看报或跟别人讨论工作的方法；特别有益的是每周从中国各地来的医学传教士所召开的例会，会上宣读论文并且进行有价值的讨论；妇女传教士举行了一次会议，目的是使她们更了解中国妇女的社会生活，并提出一些接近中国妇女的工作方法建议。

更多的传教士，无论男女，都从教会的工作责任中解放出来，花更多的时间学习中文。这样，冬天就过去了。

1901年义和团运动之后传教工作重新展开

文焕章先生、何忠义先生（Mr. Hartwell）、赫斐秋博士和赫尔博士于1900年返回加拿大休假。赫斐秋博士日益严重的病患状况使得他不能返回中国。1904年2月，他在加拿大安大略省伯灵顿的家里病逝。1901年的春天，王雨春博士、余安博士和我向西前行到了长江流域重庆一带。为了安全着想，重庆的英国领事建议我们等夏天过了才返回成都。因此我们急切地利用夏季时光学习语言。5月，我短暂地从重庆去了一次成都和嘉定，以便掌握我们在那里的传教站的财产状况，并试图鼓励我们的伙伴和信徒。终于在9月我们都离开了重庆，王雨春博士在嘉定继续传教工作，并力所能及地做一些他擅长的医疗工作。余安博士在成都重新展开医疗工作，我在成都重新开展教堂的工作。

没有麻烦的教会财产

我们被迫离开期间，我们差会在成都和嘉定两处的财产——教堂和医院完整地由当地官方保护着，除了嘉定有一小部分物品被偷窃，没有任何东西失窃或被破坏。对于他们的精心照料，他们没有要求收费，我们也没有支付任何东西。唯一需要支付的是当我们被迫离开期间住在我们大院和楼房里帮我们看家的基督徒的雇用费。不过如果要说一些真话的话，有一部分的看护人其实是当地政府安排的。

1902年谢道坚博士和亚当斯博士来到中国

谢道坚博士及其在嘉定的工作

1902年10月抵达中国的谢道坚博士（Dr. C. W. Service）和1903年年初抵达四川的亚当斯博士（Dr. Adams）加入了我们教会医疗队。亚当斯博士被安排在嘉定点，他拥有医科和牙科学历，还被任命为牧师。1904年他被任命负责嘉定教堂和分站，但是那年他长期患严重的伤寒病，令人痛苦的疾病终于迫使他在1905年年初回到加拿大。他再次回到中国的时候已经是另一个差会的成员了。谢道坚博士因为自己家人健康的原因留在了芜湖，芜湖是上海和汉口之间的内河港口。1903年秋天他陪同派遣队沿河而上，在1904年年初抵达四川。同年秋天，谢道坚博士被指派到嘉定医院重新开展医疗工作。自从1903年3月王雨春博士休假离去，嘉定医院就关闭了。在谢道坚博士的满腔热情下，医疗工作有很好的发展，医院有一个大诊室，病房经常住得满满的。后来有大量的病人前来戒断鸦片瘾。1909年3月谢道坚博士休假离开后，理事会无力再派遣任何人来继续医院这项工作。找不到可以胜任医院工作的医生了，我们最多只能让高文明博士（Dr. Wallace Crawford）住在嘉定进行第二年的语言学习，并期望他在1910年在嘉定重新开展医疗工作。谢道坚博士于1910年秋天结束休假离开加拿大返回中国。

在仁寿开展医疗工作

康德昭博士（Dr. J. R. Cox）1903年11月第一次抵达中国，并于1904年春天抵达成都。到达后他立刻开始学习语言。1905年他被指派到仁寿，他从秋天起就开始了医疗工作，一直持续到冬天。1906年春天和秋天，他两次从河道护送增援队去宜昌；1906年冬季的行程，耽误了再次在仁寿开展医疗工作，直到1907年上半年才又开展医疗工作。在那里的一个旧式中国的大院有很多房间，这个大院几年前就成了教会的财产。最初只能开展诊所的工作，但是当第一栋外国人的公寓建成，霍夫曼夫妇（Mr. and Mrs. Hoffman）入住后，大院的屋子就被用作了病房，很多病人住了进去。

向在仁寿工作优秀的康德昭博士致敬

在康德昭博士有效率的安排和布置下的仁寿的工作，是对医疗传教士工作的满意应答。不管是门诊病人还是住院病人都持续性地增加。医院开展了手术，获得成功。也有很多人来此戒断鸦片瘾，很多服鸦片自杀的人在这里被抢救并挽回了性命。这一切都能说明，当把一栋老旧破烂的中国房屋变成一栋完善的外国式房屋后能做出多么出色的工作。所有来的病人都会得到福音布教，或者发给《圣经》章节等宣传的小册子。这些精神在很多迷信且无知的中国人心中播种，相信日后，会生根、发芽并结果。

冷泽清博士在仁寿

当康德昭博士于1908年11月离开仁寿去休假的时候，他的工作立刻被冷泽清博士（Dr. F. F. Allan）接手。但例外的是，由于没有更多的公寓可以居住，冷泽清博士和家人不得不占用病房来居住。这样他的工作就只局限于诊所之内了。在仁寿新修一栋公寓显得很有必要，这样冷泽清博士就可以搬走，腾出现在他住的房间，使其再一次作为病房使用了。

王雨春博士在荣县开办新传教站，开始做医疗工作

呼吁建设医院

王雨春博士休假结束后于1904年12月返回中国，并于1905年年初抵达四川。他被指派到荣县开办一个新传教点，主持那里的教会和教堂工作，也需要在时间允许的范围内开一个小诊所。虽然王雨春博士并没有一个医院或者任何场所安置住院病人，但是他并没有停止在自己的小住所里配药和做小手术的医疗工作。这些都是在他的主要工作——教会工作和分会工作的间隙做的。同时他还要负责修建两栋新的公寓和一个大院子的工作。他已经解除了很多人的痛苦，并且获得了很好的人际关系。然而他是第一个反对没有住院条件的诊所的人，因为在他那里就诊的病人中需要住院治疗的病人比例很高。再者，在病房里进行精神教化工作比在诊所里进行更有效果。所以在仁寿，同样在荣县，我们的教会迫切需要完善的西式建筑用作医疗工作场地。建设医院和诊所需要六千美元，置地和购买设备需要一万美元，这是一个医疗传教会所计划及需要的数目。也就是说，这是一个有二十五至三十张床位和家具、床上用品、医院服装等的完善医院了。1910年，在康德昭博士被指派到荣县从事医疗工作后，王雨春博士就能够全身心投入教会和教堂的工作中了。

教会之间的协作和成都的医疗工作

1906年年初，余安博士休假结束返回。那年理事会指派他到成都的医院工作，并负责一栋新大楼的修建。由于是负责修建一栋四层高的楼房的大工程，工作压力使得他越来越没有精力诊治中国病人，到最后一两年，他渐渐地减少医疗工作，直到完全停止了给中国人诊病的医疗工作。因此在1910年，由于人力短缺，卫理公会主教会决定暂时关闭成都医院一年。加拿大卫理公会和卫理公会主教会达成了合作协议。我们教会的沈德才博士（Dr. W.

J. Sheridan）被指派到英国卫理公会医院工作一年，这样让余安博士能够全身心地投入大楼的修建工作中去。

我们在成都修建的壮观的新医院

随着新大楼落成，我们将拥有当时中国条件最好的医院。这是一栋砖建的四层高的楼房，有普通病房、特殊病房，以及面向一些经济条件较好、愿意支付相应费用的中国人的单人病房。各个房间连接着诊室、候诊室、会诊室和药剂室等，除此之外，还有更衣室、手术室、麻醉室和消毒室等。医院的设备将非常完善，如果安排一百三十个床位就很宽松，但安排一百五十个床位就显拥挤了。新医院将安排两位医生、一位药剂师和一位教会护士来工作。而且医院将有一个很好的大礼拜堂，在那里每日都会给病人做礼拜。这所基督教中心所辐射的影响不可用数据来评估。它不仅每年直接帮助遭受疾病折磨的中国人，也间接地向我们计划的联盟大学医学系提供临床设备器材。这样更有利于培养中国基督教医生，继而让他们能够救助自己的国人。

1906年12月冷泽清博士到达中国

除开休假归来的医疗传教士，每隔三年就有医生到达。继康德昭博士被派遣到我们这里后，冷泽清博士1906年12月抵达上海，我前面已经提到了他在仁寿点的事情，现在（1910年）他仍在仁寿点。

1907年高文明博士和沈德才博士到达

1907年11月，高文明博士和沈德才博士两位医生的到来，加强了我们的力量。高文明博士被指派到彭县，沈德才博士被指派到自流井学习语言。1909年3月，前面已经提到，高文明博士去了嘉定开始他第二年的语言学习；1910年2月初，他被派到那里从事医疗工作。沈德才博士在自流井花了两年时间学习语言，1910年被理事会调到了成都，他被指派到英国卫理公会医院从事一年的医疗工作，否则那年医院将关闭。这一年余安博士的时间全部耗在了在成都修建新医院大楼的工程上。

1908年谭国梁博士和弗格森博士到传教点

1908年的增援队同样带来了两个医疗人员——谭国梁博士（Dr. A. J. Barter）和弗格森博士（Dr. W. D. Ferguson）。1909年上半年谭国梁博士在成都，下半年去了彭县，今年（1910年）他继续驻扎在那里。他正在进行第二年的语言学习，准备在1911年2月全力投入工作。弗格森博士被指派到泸州，在那里开始他第二年的语言学习，并可能在1911年2月被指派在那里开展医疗工作。

1909年增援团唯一的医生——胡祖遗博士

在1909年的增援团里只有一个新医生——胡祖遗博士（Dr. E. C. Wilford）。他被指派到自流井学习语言。康德昭博士休假结束后，随同1909年的增援团回到中国，理事会指派他到荣县工作。在荣县他会全身心地投入医疗工作中，并且让王雨春全力投入教会和教堂的工作中。1910年的增援团将有麦金利博士（Dr. D. F. McKinley）。

1908年秋护士们第一次到达中国

除了医生，我们还有几位护士。1908年10月，斯威策小姐（Miss Switzer）和普维曼小姐（Miss Plewman）抵达中国。在前往长江上游的途中，普维曼小姐患上了很严重的疾病，必须马上返回加拿大。1909年斯威策小姐在成都的教会语言学校学习中文，今年（1910年）在仁寿继续学习。1909年的

1

2

3

4

5

6

7

8

9

10

11

12

加拿大英美会医学传教士

1. 余安　2. 胡祖遗　3. 谢道坚　4. 谭国梁　5. 麦金利　6. 启尔德　7. 弗格森　8. 康德昭　9. 高文明　10. 冷泽清　11. 沈德才　12. 王雨春

注：没有得到樊立德博士（Dr. Wolfendale）的照片。

增援团包括了伍德小姐（Miss Wood）和麦克诺顿小姐（Miss McNaughton）两名护士，今年她们被安排在成都语言学校学习中文。很不幸的是，今年的增援团没有一个受过训练的护士。

1910年年初，伦敦会在四川省的全部工作和领域被完全转交给加拿大英美会，我们立刻就多了一个中心站。在大城市重庆，我们的传教领域有十一个分站，很多其他城市和小镇也要开办分站，几个分站一旦有可能就建成中心站（中心站有外国传教士，分站没有常驻外国传教士，可能有也可能没有常驻中国福音传教士。分站的工作主要由中国助手或中国福音传教士执行，由外国传教士监管，他们巡回于这些地方指导工作）。

在重庆的新医院

一座曾经属于伦敦会在重庆的大型砖建筑医院，现在属于我们了。而且，我们有幸有伦敦会的约翰·帕克牧师（Rev. John Parker）和樊立德博士（Dr. R. Wolfendale）加入我们差会。在这一年，樊立德博士被指派负责重庆医院的工作。他在十年或十二年前参与了医院楼房的修建，从那以后他几乎一直负责该医院的工作。重庆医院大约有六十个床位，大部分床位安排在三个或四个大型综合病房里，也有一些单人间或双人间病房。

女差会的第一个医学传教士：瑞塔·杰福德博士

如果不谈女差会的工作，对加拿大英美会医疗工作的评估就不完善。第一个被女差会派出的医疗传教士是瑞塔·杰福德博士。她于1893年2月抵达上海，但是没有人护送她们溯江而上到四川，她和她的传教士同伴——布莱克比尔小姐（Miss

Brackbill）一直在上海滞留到秋天。她于1894年2月抵达成都。那年5月，杰福德博士和我结婚，取中文名启希贤，启希贤博士负责女差会的工作。和普通惯例相反，她的婚姻并未使她和女差会断绝一切联系，至少没有立刻断绝。她保留了女差会传教士身份（当然是没有薪水的），并为了能够开展妇女医疗工作而学习中文。我们结婚后立刻去了嘉定，为总会开办传教站。1895年5月我们回到了成都，那时正好遇上教案。1896年4月，我们从沿海返回成都，这事前面我已经提到过。第一次修缮了从中国人那里购置的用来开诊所和医院的房屋后，启希贤博士于1896年11月在成都成功地为女差会开展了医疗工作。她开始了第一年的工作，由受过训练的护士福特小姐（Miss Ford）协助。直到1898年2月，她向女差会董事会递交辞职申请时，已经诊治门诊和住院的病人上千人。莫德·基勒姆博士（Dr. Maud Killam）已经于1897年年初到了中国。在我妻子离开女差会的医疗工作岗位的时候，莫德·基勒姆博士接手了我妻子原来在医院的工作，直到1900年夏天。她和我们所有人一样，为躲避北方的义和团运动被迫去了沿海。

1900年休假

与其他的女差会工作者一样，莫德·基勒姆博士于1900年夏直接返回了加拿大，开始了一个稍微提前的休假。提前休假是因为休假时间快到了，而我们被迫离职至少一年，又不知道何时能返回教区。

梅秀贞小姐与两位受培训的中国护士

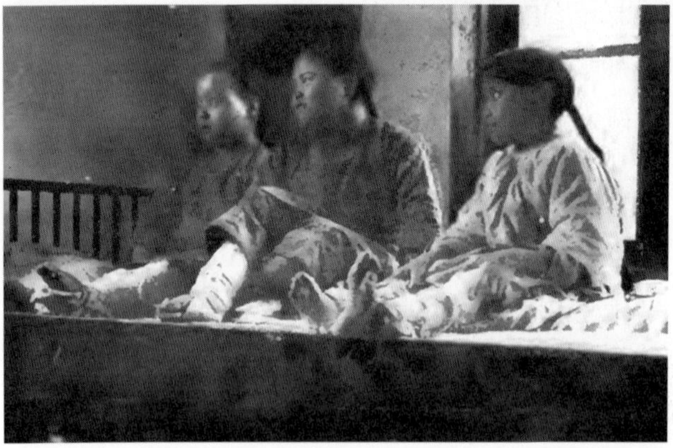

放足的小女孩，她们期待恢复后能自由走动

李秀荣博士、启希贤博士和莫德·基勒姆博士开始工作

与此同时，一个新的工作者已经开始工作。李秀荣博士（Dr. Anna Henry）于1899年秋天离开加拿大，1900年初春抵达成都。她同样在1900年的夏天被迫到上海避难，1901年春天返回西部，当年9月到达成都，并立刻开展了女差会的医院和诊所的工作。李秀荣博士并没有一个正常的学习中文的时间，所以启希贤博士为她提供了一段时间的帮助。她的帮助得到了认可，她和李秀荣博士一起工作了一年时间。1902年春天，莫德·基勒姆博士从加拿大休假返回，从那以后，她和李秀荣博士一起工作。她们随后在成都的东门郊区开了一个诊所，于是接触了以前没有接触过的人群。

1904年莫德·基勒姆博士辞职并结婚

弗洛伦斯·奥唐奈博士于1903年抵达成都

1904年，莫德·基勒姆博士和总会的尼夫先生（Mr. Neave）结婚，并离开了女差会的工作团队。同年末，李秀荣博士返回加拿大休第一次假。但是她此前已经做出了继续开展医疗工作的决定。弗洛伦斯·奥唐奈博士于1902年离开加拿大到中国，1903年春天到达了成都，因此，当李秀荣博士1904年离开成都去休假时，她已经准备好接手医疗工作。弗洛伦斯·奥唐奈博士一直负责女差会医院工作，直到1908年2月她离开中国休假为止，此后她没有返回中国。

李秀荣博士负责女差会成都医院工作

因为生病，李秀荣博士的假期延长了，她于1907年4月抵达中国，但被允许在江西庐山牯岭消夏，所以直到年末才抵达成都。因此当弗洛伦斯·奥唐奈博士1908年年初离开成都去休假时，李秀荣博士立刻接手医疗工作，现在仍然负责医疗工作。

女差会派到中国的几位女医学传教士

1904年秋天梅尔布·卡西迪博士（Dr. Mabel Cassidy）被女差会派到中国，于1905年春抵达教区。那年11月，她和总会的穆里儒先生（Mr. Mortimore）结婚，因而她不再是女差会的工作者了。梅·奥斯丁博士（Dr. May Austen）于1907年秋天离开加拿大，1908年春天抵达中国西部。1910年她被任命协助开展医疗工作，还担任一定量的女子学校的教学工作。迄今为止，女差会派出的最后一名女医学传教士是雷博士（Dr. O. M. Rae），她于1910年年初抵达，现在在学习语言。

创办詹妮 · 福特孤儿院

从1895年第一次派詹妮 · 福特小姐开始，女差会已经派了很多护士到中国西部。福特小姐在教案发生的那年5月到达成都。经历教案使她受到严重打击，于1897年4月患病去世。福特小姐的善心使得在成都开办了以她名字命名的孤儿院。在她感染上致命疾病的前几周，她在街上捡到并收养了两个被遗弃的孩子，一个是两个月大的婴儿，另一个是流落街头两年的贫穷孩子。这两个孩子成了现在孤儿院大家庭的核心成员。孤儿院修建在妇女传教会大院里，孤儿们在这里得到舒适的安置和照顾。

女差会在嘉定开展工作

下一位护士是福斯特小姐（Miss Foster），她于1897年年初到达成都，她是那些于1900年提前休假的人员之一。福斯特小姐于1902年回到成都，她工作出色，不仅做护士协助医疗工作，还负责嘉定的传教工作。她在嘉定开展了妇女传教会的工作，并在那里进行了传教和教书，直到一场重病逼迫她于1907年年初回到加拿大。

增援

范妮 · 福里斯特小姐（Miss Fannie Forrest）在1900年年底离开加拿大到中国，于1901年春天到达重庆，同年秋天抵达成都。她的主要工作是在成都医院做护士，直到1907年2月她和福斯特小姐一起回国度假。福里斯特小姐于1908年回到中国，并且和中国内地教会的乔治 · 弗兰克先生（Mr. George Franck）结婚。

维尔金斯小姐（Miss Wilkins）于1905年到达中国，1908年与中国内地教会的缪尔先生（Mr. Muir）结婚，并离开我们教会。

梅秀贞小姐是1906年增援团里的一员，于1907年年初到达成都。她现在和李秀荣博士在成都医院工作。

劳森小姐（Miss Lawson）于1909年年初抵达中国西部，阿桑小姐（Miss Asson）和马歇尔小姐（Miss Marshall）于1910年年初到达。她们随即开始语言学习。

我们女差会在中国西部的困难

女差会只在四个传教站开展了工作，但是总会理事会要求她们尽可能协助我们开展其他各个传教站的工作。她们不能跟上总会的进度的唯一原因是人手不足。妇女传教会有双重的困难，她们第一要找到适合在华西工作的人，第二要留住这些人。

成都女差会医院

女差会现在只在成都这一个传教站开展医疗工作。她们只为妇女儿童提供医疗服务，其医院是用教会的财产，即中国房子改建的。医院有一个诊断室、一个候诊室（候诊室同时也是一个小礼拜堂）、一个药品储藏室和药房、一个手术室和器械室。有五至六个病房，包括三十张床位。每周有一百个以上的病人来看病，因为床位相对充裕，这些病人很容易收入病房治疗。妇女和儿童自由来医院，听了大部分福音的内容，而且他们顺从地接受手术等治疗。由于要负责综合医院的工作，妇女儿童医院的工作量受限于主管的传教士医生的体能耐受力。

计划在成都建立新女差会医院

现在有一个修建一栋新楼的项目，即建一栋西式楼房用来投入女差会的医疗工作。现有的楼房已经使用了十四年，既不方便又不卫生。同时，詹妮·福特孤儿院的扩大迫切需要修建更多的医院大楼。很早以前孤儿院的狭窄空间就满足不了它的发展。因为这些及其他的原因，需要建设一座砖结构的新大楼来接纳更多的病人，提供舒适且更卫生的床位。计划新大楼还包括一个中国护士学校的宿舍。我真诚希望女差会成功得到合适场地，建造起大楼并投入使用。

加拿大英美会医疗工作总结

我们医疗工作现状的概况，可以通过以下列表了解：

传教站	建筑	床位	每年大约治疗病人数	现在负责医生
成都	即将完工的新砖楼	130	10,000	余安、沈德才
嘉定	1896年7月建成的砖楼	30	5,000	高文明
仁寿	老中国建筑改建而成	10	2,000	冷泽清
重庆	约十二年前建成的二层大砖楼	60	10,000	樊立德
荣县	租用中国人的房子，可能是暂时的	60	10,000	康德昭（1910年刚由理事会任命）
彭县	没有	60	10,000	谭国梁（正在学中文）
泸州	没有	60	10,000	弗格森（正在学中文）
自流井	没有	60	10,000	胡祖遗（正在学中文）
成都女差会	中国建筑改建而成	30	5,000	李秀荣、奥斯丁

有些大城市被划分给加拿大英美会，由我们专门负责的这些区域的城市是：缙云、威远、温江、郫县、秦岭、新繁、长寿、丰都、涪州、忠州、南川，还有其他一些城市。这些都是有城墙的城市，每个城市拥有一万至五万或七万不等的人口。而且每个城市周围有十万至五十或六十万人口的集镇和村庄。在每一个这样的城市里，除了其他外国传教士，我们应该有一所医院和一位医学传教士。医院大约需要六千美元，加上置地和设备，约需要一万美元。

加拿大英美会医学传教士的名单

姓名	性别	所在传教站	第一次抵达中国的时间
冷泽清	男	仁寿	1906年12月
谭国梁	男	彭县	1908年10月
康德昭	男	荣县	1903年11月
高文明	男	嘉定	1907年11月
余安	男	成都	1897年12月
启尔德	男	休假后1910年10月返回	1891年11月
启希贤	女	休假后1910年10月返回	1893年2月
麦金利	男		1910年10月
默蒂摩尔	女	休假后1910年10月返回	1904年12月
尼夫	女	成都	1897年2月
谢道坚	男	休假后1910年10月返回	1902年10月
沈德才	男	成都	1907年11月
王雨春	男	荣县	1896年9月
胡祖遗	男	自流井	1909年11月
樊立德	男	重庆（1910年加入加拿大英美会）	1896年（？）
奥斯丁	女	成都	1907年
李秀荣	女	成都	1899年
雷	女	荣县	1909年

作为传教士的已婚妇女

我应该解释，按规矩，在我们教会中的已婚妇女都不能算是传教士，然而在中国，她们通常算是传教士。在中国工作的许多教会里，已婚妇女或多或少有与男人相当的身份。

我们在中国西部的医疗设备

从以上两张表格中，我们可以看到，我们教会有五所医院，有一百九十张病床，每年可治疗约三万二千名病人。这个数字包括首诊病人和复诊病人，以及去病人家里诊治的病人等。目前在四川的十三名医生中，一名是已婚妇女，她不担任实际的医疗工作；两名是妇女传教会的单身女性，在同一个单位工作；四名还在学习中文阶段。康德昭博士刚刚被派到荣县，那里还没有医院或药房。在四座城市的五所机构中，只有四名男医生和两名单身女医生能够在机构的医院和药房里为中国人工作。在其他四个城市，我们有其他的工作形式，比如做教会和教堂的工作，通常是学校的工作，并且迫切需要医疗工作。我们应该尽可能早地为这些工作提供良好的“外国”建筑物。正如第一张表所列，至少有十一个城市，等待我们传教会去开展医疗工作和所有其他形式的基督教活动。下一章有更多关于这个问题的阐述。

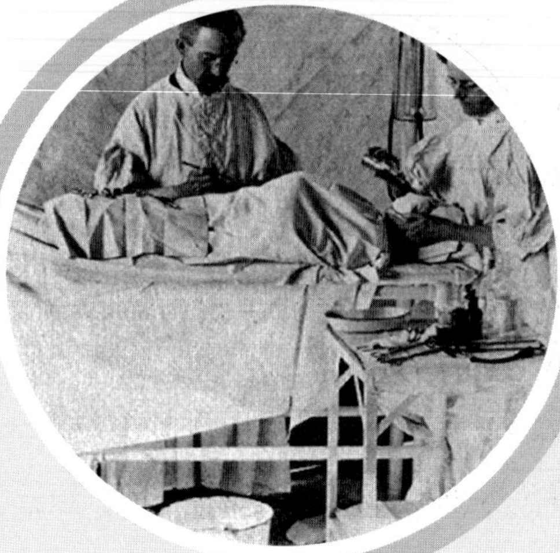

第十一章

呼吁——我们目前所需要的

我在先前的章节里记述了加拿大英美会在中国西部所做的医学传教工作，现在我必须表明这个部门目前的需求。

呼吁必要的医学传教士和齐全的设备
你会应答这个召唤吗?

首先，我们最大的需要是男女传教士。我们想要的是有最好性格的人，要有一心一意地奉献给耶稣基督的明智的判断力。他们必须在专业上做好准备，至少准备得犹如他们将在加拿大执业行医那样好，有可能的话，还可以更好。他们必须去中国，决定在那里生活，上帝允许他们，在中国为上帝和中国服务。我很惊讶，现在没有多少我们国家的高中和大学的男女青年，期待学习四或五年的医学课程，准备作为医学传教士到中国。更好的是，如果他们关注文科与医科相结合的课程，学习七年，然后做研究生工作一年，对于他们将来在中国的伟大责任来说，所有这一切都没有丝毫的过分。在我们医学院，无疑有比之前还多的男女青年，很明确正在准备到中国做医学传教工作。我们的国家挤满了执业医生；在美国医生人满为患；大不列颠和爱尔兰也有类似的情况。这些国家没有任何地方有大声的哭喊；没有求人来拯救生病和垂死的人，减轻他们的疼痛和不幸的哭喊；没有要求给予无数受难的人民恢复健康和幸福的哭喊。但是永不停息的哭喊在中国回荡，哭喊来自被鸦片瘾或者许多其他陋习所深深毒害，却希望摆脱这些痛苦的人；哭喊来自那些痛苦难言的女人，她们所患的妇科疾病，我们的现代科学之光，已经能解除基督教国家妇女的这些痛苦；哭喊来自无助的孩子，如果我们知道孩子的发病率和死亡率，那会使我们震惊；哭喊来自抱怨和疾病，这些疾病在我们国家已经被克服了。过来帮助我们吧！你们这些年轻人，燃烧着渴望使你们的生命为上帝和你们的同胞奉献最有价值的愿望。来吧！你们这些年轻女性，意识到为你们的女同胞们服务就是为上帝服务，就是你们生命的唯一。来吧！人们会告诉你，在加拿大有很多服务的机会，所以试图劝阻你来中国；在加拿大有很好的服务机会，但是也有许多劳动者！来中国帮助我们，别以为你会耗尽祖国劳动者的数量，别担心你的到来会使家乡工作没人做，你的到来反而会刺激许多人完成你留在家乡的工作。记住，如果你不跟我们一起，在中国，没有人会做你应该做的工作。我们的两个海外传教差会无法为中国和日本找到必要数量的合适的候选人。今年（1910年），我们的总会把十五名传教士派往中国，只有九名到了中国，其中还包括两个从伦敦传教会来的。我们的妇女海外传教差会也努力找到十人并派往中国，但是只有六人可以为教会工作。召唤是要求更多的工作人员来中国，谁会应答？

呼吁创建更多医院

其次，我们需要医院。目前，我们八个传教中心站只有五所医院。我们应该有办法，立刻为没有医院的五个传教中心站购买土地，修建有良好建筑的医院，并为其购置设备。每一个中心站需要一万美元去修建医院，除了伟大的盐都自流井，这里所需的金额必定比其他地方多一倍，因为这个中心的规模和影响。在这里建立一个更大的医院是有必要的，它可与现在接近完工的在省会成都的医院媲美。在中国西部一万美元所购置的场地和建筑相当于在加拿大一万五千美元或两万美元所购置的。中国西部劳动力便宜，就像我们购置的一些建筑材料一样便宜，而且土地价格也更便宜。

传教中心站需要十五所医院

我已经在第十章中指出，我们差会专门负责其他十一个城市，其传教任务是压在我们身上的。这十一个城市必须在短短几年内建立传教中心。男女医学传教士都需要安置在这些地方，每一个中心站需要一所医院、一座教堂和一所学校。在这里，短短几年内至少需要十五所医院。你会奉献给上帝吗？上帝让我们考虑投资，投资将带来比在中国西部这些大城市建立医院更大的回报。回报不是现金，这是真的，但是这些回报是金钱买不到的——减轻人们的痛苦，给沮丧的人们希望，最重要的是，对许多人来说，是永恒生命的快乐经历。为了给我们的传教中心站提供医院，我们需要你的帮助和合作。

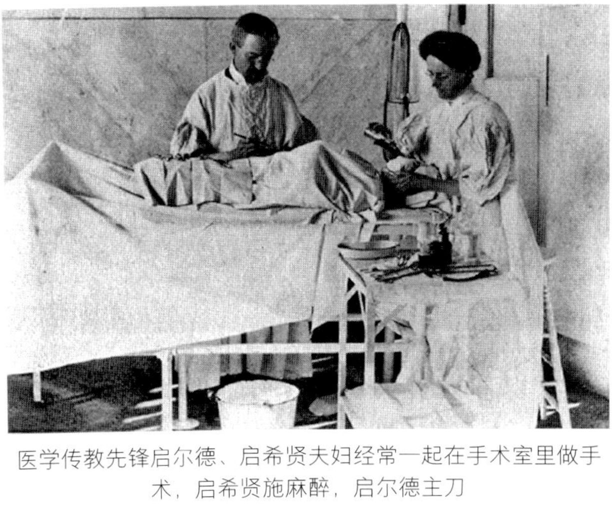

医学传教先锋启尔德、启希贤夫妇经常一起在手术室里做手术，启希贤施麻醉，启尔德主刀

呼吁创建一所医学院

再次，我们需要一所医学院。我在第九章中详尽论述了在中国作为传教工作整体部分的医学教育主题。在中国的所有大型传教中心名单上，显示了那些适宜于建立医学院的中心，必然包括成都市。现在成都是有四十至五十万人口的都市，是四川省的省会，是公认的有六千九百万人口的四川省的文化及政治中心城市。成都是我们差会的总部，还有其他几个差会在成都工作。各差会有很多各类工作之间的合作措施，但最紧密最诚挚的合作是教育工作。基督教教育协会已经成立，协会负责协调所有差会创办的所有小学和中学。他们有一个共同的学习课程，有非常详细的分级，有统一的考试，印制的试卷分发全省各地。考试委员会由所有差会派的传教士组成，他们的居住地有的往往远隔数百里。合格卡和证书依照考试结果每年颁发一次。

成都华西协合大学

基督教教育协会的目的是把重点放在基督教协合大学上，华西协合大学位于成都，目前由四个不同的差会创建。我们是参加这个协会的四个差会中的一员。协合大学已购买了紧靠成都南门城墙外的六十五英亩土地，这片土地分给四个传教会。中心部分保留下来以备稍后建设学校公共设施。每个差会承担修建自己分配到的那部分土地的大学的建筑，包括学生宿舍和中外教师住宅。在大学附近还有一个协合中学。

为什么我们必须要有一所医学院

大学在文科和神学这两个领域的工作正在进行，文科于1910年2月开始创建，神学是在文科之前两年或三年开始的。在大学里开办一所医学院一直是华西协合大学开创者的计划，如此在成都创立这样的学院就容易了。它将是一所协合医学院，总共有四个差会。如果可能的话，两个或两个以上的差会将提供教师。我们差会期望在医学院起主要作用，因为我们的重点一直是放在医学传教这种形式的工作上的。我们差会比中国西部其他差会更需要这个医学院，因为我们有更多的医院，需要更多的受过训练的中国医疗助理，也因为我们比我们的姐妹差会更有能力提供几个医学传教士做老师。

一个极好的投资机会

我们需要一栋配有设备的高质量的建筑，我们可能还需要一点额外的场地。这是对一个机构进行投资的另一个好机会，这将给中国西部众多人民带去极大的幸福。正如外国传教医生正在给他们做的一样，只是增加了许多倍。如果计算一个机构带给需要的人的帮助——带来光明驱散黑暗，引入知识并启蒙去驱赶迷信和无知，我们相信，我们所计划的在成都的医学院将是做好海外传教工作的第二位。

中国震惊西方

中国有大面积的国土，其人口数量多于世界上任何其他国家。我们目睹这里过去五年中开始有很大的变化：在商业和工业方面，铁路迅速延伸，矿山开采和许多产业开始建立；在政治方面，1909年在中国举行了各省级议会的第一次选举，而且明确地计划将在1915年选举帝国议会；在教育方面，因为废除了古老的科举考试制度，很快就开办了数以万计的学校和学院；在道德与社会方面，我们见证了禁止鸦片和禁止缠足运动的奇迹。源源不断的有才智的中国年轻学生到美国、加拿大和欧洲其他国家求学。这些人四至八年后将回到中国，成为政府，以及所有为他们的伟大民族的进步和发展贡献力量的人的领导人。这些变化的术语“改革”，几乎可以说是“革命”，这些行动已经具有规模和重要性。什么能让中华民族复兴？随着她的实力和财富的增长，她的影响会增长，但她将如何发挥作用？其影响会站在正义与和平一边吗？

绝好的机会

我相信这个问题，很大程度上可以由西方人对中国的态度来回答，通过基督教差会的表达，在20世纪中叶其结果将会显而易见。现在是把福音传给中国的绝好机会，这是以前从没有过，甚至可能将来永远不会再次出现的机会。多么好的机遇！参与她的崛起，参与她的重塑，中国注定会成为全球最伟大的国家之一！

附 录

附录1 地名的拼写及发音

对在我们国家的传教士来说，如何拼写和发音中国传教站的名称往往是一件困难的事。以下是借用大清邮政局的带有近似发音的地名拼写列表，它对我们有一定的参考价值并值得关注：

邮局名称	发音
Szechwan 四川	S'-chwan
Yunnan 云南	Yu-nan
Kweichow 贵州	Gway-jo
Chengtu 成都	Chen-doo
Kiatingfu 嘉定府	Jah-din-foo
Jenshow 仁寿	Ren-show
Junghsien 荣县	Yuin-shan
Tzeliutsing 自流井	Zil-yu-jin
Penghsien 彭县	Pen-shan
Luchow 泸州	Loo-jo
Chungking 重庆	Chung-king
Tsingyuanhsien 缙云县	Jin-yan-shan
Pihsien 郫县	Pee-shan
Tsungninghsien 秦岭县	Tsung-lin-shan
Sinfan 新繁	Shin-fan

续表

邮局名称	发音
Wenkiang 温江	Wen-jong
Weiyuanhsien 威远县	Way-yuan-shan
Wenchwan 汶川	Wen-chwan
Omeihsien 峨眉县	0-may-shan
Kwanhsien 灌县	Gwan-shan

要给在中国的传教士写信，必须要依照上面列表中那样拼写地址，这样就不担心信被误投。不仅要写上传教站的名字，还要写上省的名字——四川。现在不再需要写“经过重庆”。

附录2 良好的资助项目

十美元可供我们医院的一个病人吃一年的普通的食物。

二十美元可供我们医院的一个病人吃一年的特别好的食物。

三十美元可支付一个病人一年的住院费用，即食品、床上用品和病人必要的医院服装的花费。

二十五美元可支付医院一位门卫一年的工资，包括食宿费。

三十五美元可支付一位配药师一年的薪金。

四十美元可支付医院一位福音传教士一年的薪金。

二十五至三十五美元可支付一位医院挂号员一年的薪金。

五百美元可支付我们一所医院一年通常的药品供应成本费，包括把药品运到中国西部的运费。

六千美元可创建一所医院，包括药房和必要的附属建筑物的费用。

一万美元可支付建造医院的场地、医院的建设，包括药房和必要的附属建筑物的建设，以及完善机构设备的费用。

二万五千美元可建造和装备一所像成都的华西协合大学这样的医学院。

附录3　其他书目及其简介

《中国总论》（*The Middle Kingdom*）［美］卫三畏著，纽约出版，有插图，九美元。该书是用英语写的标准参考书。涉及政府、文学、宗教和历史的章节特别有价值。

《汉学菁华》（*The Lore of Cathay or The Intellect of China*）［美］丁韪良（W. A. P. Martin）著，纽约出版，有插图，二点五美元。该书涉及中国的经济、科学、文学、宗教、教育、历史。作者勤奋研究五十年后写成。

《花甲忆记》（*A Cycle of Cathay: China, North and South*）［美］丁韪良著，纽约出版，有插图，两美元。该书是一位生活在中国的最老的外国人、京师大学堂西学总教习——近五十年的回忆录。

《中国人的素质》（*Chinese Characteristics*）［美］明恩溥（Arthur H. Smith）著，纽约出版，有插图，两美元。该书是作者通过公正和真实的观察，描写中国特色的著作，也是一本有趣的可读的书。

《中国乡村生活》（*Village Life in China*）［美］明恩溥著，纽约出版，有插图，两美元。该书描述中国华北地区乡村生活，涉及政府、公众人物和家庭生活，是较好的描述中国社会生活的著作。

《基督之王：对中国概括性的研究》（*Rex Christus: An Outline Study of China*）［美］明恩溥著，纽约出版，有插图，五十美分。一本很有价值的简要调查中国及中国教会的书。

《中华的曙光》（*Dawn on the Hills of T'ang*）［美］毕海澜（Harlan P. Beach）著，纽约出版，有插图，平装三十五美分，精装五十美分。这是一本总结中国事物的著作。

《中国之进步》（*The Uplift of China*）［美］明恩溥著，纽约出版，有插图，平装三十五美分，精装五十美分。

《亲近中国》（*Intimate China*）［英］阿绮波德·立德（Mrs. Archibald Little）著，纽约出版，有插图，五美元。这是一本吸引人的描述中国各方面生活的书。

《华西：佛教圣地峨眉山旅行记》（*Western China: A Journey to The Great Buddhist Centre of Mount Omei*）［美］赫斐秋著，波士顿出版，有插图，两美元。该书描述了从汉口到佛教圣地峨眉山的旅程，是有关中国西部的优秀著作之一。

《成都——四川的中心》（*The Heart of Sz-Chuan*）［加］吴哲夫（Edward Wilson Wallace）著，多伦多出版，有插图，平装三十五美分，精装五十美分。该书是写加拿大卫理公会在中国西部成立和发展的故事。书中配有传教士、教会的建筑和有趣的中国的照片。书中故事趣味横生。

《旧中国的新势力》（*New Forces in Old China*）［美］亚瑟·布朗（Arthur J. Brown）著，纽约出版，有插图，一点五美元。该书是对正在努力造就新中国的商业、经济、政治和宗教势力的分析。《波士顿记录报》称该书非常实际。《展望报》说："该书传达的信息力求精确，且表达的方式如此有趣，即使是漫不经心的观看者都会被吸引，立即吸引学生和街上的人。"

《中国的觉醒》（*The Awakening of China*）［美］丁韪良著，纽约出版，有插图，三点八美元。

《经过长江三峡：在华西经商和旅行》（*Through the Yangtse Gorges*）［英］阿绮波德·立德著，纽约出版，有插图，二点五美元。

《金沙江》（*The River of Golden Sand*）［英］吉尔（W. Gill）著，伦敦出版，二点五美元。

《总领事的四川报告》（议会蓝皮书）（*Report on Szechwan by Consul-*

General Hosie）。

所有的参考书可从多伦多安大略卫理公会斯蒂芬森（F. C. Stephenson）处订购。

译后记

一

鸦片战争结束后，清政府被迫签订了一系列不平等条约，这些条约中的传教条款为西方传教士在中国的活动提供了庇护和特权，因而各国基督教传教差会[1]纷至沓来。

1891年10月4日，五十一岁的美国人赫斐秋带领一支加拿大卫理公会的海外传教差会——英美会（Canadian Methodist Mission），从加拿大启程到四川成都传教。同年11月3日，赫斐秋带领的英美会一行九人抵达上海。他们中有启尔德、史蒂文森和何忠义三位刚毕业的大学生，一位加拿大女差会的布朗小姐。其中启尔德和史蒂文森两位是医学博士，何忠义获文科学士学位后毕业于神学院。随行的还有赫斐秋的夫人和女儿以及启尔德、何忠义两人的新婚夫人。

加拿大卫理公会的海外传教差会成立于1824年，从1873年开始在日本做海外传教工作。十多年以后，传教差会认为应该拓展他们的传教范围，便策划到中国等地传教。1889年11月，两位即将毕业的医科学生、卫理公会教徒

1　差会就是西方基督教会派到海外传教的机构。

史蒂文森和启尔德分别写信给理事会申请到海外从事医学传教工作。

史蒂文森在加拿大多伦多大学读书时就打算到海外从事医学传教，为此他专门到美国芝加哥拉什医学院（Rush Medical College）学习。临毕业时他给理事会写信，表达了他迫切想成为一位医学传教士的愿望。

启尔德1867年出生于加拿大安大略省，在他读中学期间父母相继去世了，尽管父母留下的遗产足够供他缴纳学费读书，但他依然过得很俭省，还靠打工来增加他的教育基金。在启尔德读高中时，他遇到了一位信仰基督教、富有牺牲精神、对海外传教表现出极大的热情和向往的同学，这位同学对启尔德的影响很大，几乎改变了启尔德的一生。启尔德愿意为此献身。启尔德十六岁时进入皇后大学（Queen's University）学习，1890年毕业，同时获得文学和医学学位。当时校方欣赏启尔德的才能，想让启尔德留校任教，但启尔德已经有了到中国传教的志向。启尔德是学校里第一批志愿加入传教士的医学生，他认为医疗工作与传教紧密相连，到海外传教的人应该既是传教士又是医生，为此他特意先到苏格兰的爱丁堡学习了一些临床医学技能，之后又进入美国新泽西州的德鲁大学神学院（Drew University Theological School）进修。在神学院他遇见了正在读神学的何忠义，他俩一见如故，共同的理想让他们对未来充满了信心，决定一起到外海去做传教士。在何忠义的提议下，启尔德向董事会提交了一份他俩共同合作到外海去做传教士的申请，申请书上这样写道："我和另外一个年轻人，作为加拿大卫理公会教徒，渴望到外国传教，我们想看看我们的教会能为我们提供些什么。""教会将会在1891年送我们两人去中国吗？我们会在一起工作，何忠义作为牧师，我作为医生，在中国一些还没有开展传教工作的省份里传播基督精神。""我深知我不必迫切催促你们开展医学传教工作，但是在中国这样一个国家作为开路先锋是多么的重要。我相信这种热衷于在中国传教的热情会被肯定。如果以前没有人去过，如果我们的教会同意我们的申请，我相信我们两人会很高兴地去开拓。”

然而，具体到中国什么地方去传教，加拿大卫理公会并无明确的方向，当时从美国美以美会退出的传教士赫斐秋正在加拿大安大略省休养，他在中国的传教经历引起了加拿大卫理公会的关注。

赫斐秋1865年被美以美会派遣到中国传教。最初，赫斐秋在福州传教，1867年他到江西九江建立美以美会传教站，出任美以美会华中教区负责人长达十八年之久，其间他负责开辟了芜湖、南京和镇江等地教区。之后赫斐秋被派往四川重庆传教，1888年，赫斐秋回到美国。此时他的健康状况不佳，再次回到中国传教已经不可能了，美以美会与他脱离了关系。经过两年多的休养，赫斐秋的身体渐渐康复。尽管他已五十来岁了，但他仍然渴望继续从事海外传教工作，加拿大英美会邀请赫斐秋加入该会，负责海外传教。赫斐秋凭借他在中国二十多年的传教经历，建议英美会到中国西部中心城市成都进行传教。

就这样，英美会传教团在赫斐秋的带领下远渡重洋来到了上海。由于时局动荡，赫斐秋决定让传教团暂时在上海停留一段时间，利用这段时间学习中文和怎样在中国传教的知识。这期间史蒂文森医生和布朗小姐相恋并结婚了。三个月后，他们决定离开上海到四川成都。俗话说“蜀道难，难于上青天”，当时他们进入四川只能从上海乘船逆江而上到重庆，再从重庆乘船到成都。因为路途艰险，这一行程顺利的话，通常也要两三个月。1892年2月16日，赫斐秋一行人先乘轮船到汉口，再到宜昌乘木船逆长江三峡抵达重庆。三峡奇特秀丽的风景并没有吸引住启尔德他们，而二十多位纤夫拉船逆流而上的艰辛场景让启尔德等久久不能忘怀。

又历经三个多月的行程后，同年5月21日，赫斐秋带领的一行人抵达了成都。当他们的船在成都城外靠岸后，迅速引起了大量市民围观。第一次看见女洋人，市民很好奇。随后他们坐轿子进城，启尔德称轿子是“由两人肩扛的吊挂在两根竹竿之间的箱子”的交通工具。进城后他们到了陕西街福音堂。赫斐秋早年在四川传教时的老朋友和上司，美以美会的牧师克阿林（Rev. H. O. Cady）热情地接待了远道而来的同人。

二

两周后，赫斐秋在城里租了一处民宅作为他们传教与居住的场所。这里除了大家的住处，还有一间诊疗室、一间能住十人的病房、一间礼拜堂和一间阅览室。启尔德等人很快就适应了新的环境。为了尽快开展工作，大家都在忙着学习语言，期间史蒂文森还诊治了一位病人。就在这一片祥和的氛围里，一场灾难悄无声息地降临到启尔德的头上。

7月9日是星期六，启尔德夫人还兴致勃勃地在家收拾房间，但是第二天她突然就病倒了，而且还非常严重。傍晚，她被确诊为感染上了霍乱。当晚，启尔德夫人在大家的陪伴下离开了人世。后来何忠义这样写道：“9点钟时，她有点清醒，希望她能好转……唉！就一会儿，她又失去了知觉，她眼中的光就消逝了。两个小时后，她的灵魂越过了河流。”随后传教会才知道成都爆发了霍乱。

第二天，启尔德写道：“当我提笔写下这段文字的时候，我的心都快碎了。昨夜，星期日，10号，大约11点钟，我亲爱的妻子离开了我。她患的是霍乱病，她患病仅仅十八个小时。星期六那天，她显然和其他任何成员都一样很健康，并且期盼着在这里工作数年。诊所和医院的所有计划都是和她商量后决定的。我们对即将要做的工作有着同样的兴趣，失去她让我感觉我残缺了一半。她的信仰很单纯，但是却很光明。啊！如果不是因为我的话，我想主会因为她勤劳的工作而宽恕她。她的离开让人难以接受，但是我们必须要说，你会原谅她的，主啊！”“我亲爱的妻子总是和我一起学习语言。到她去世时，我们的阅读和会话能力取得了完全相同的进步。我们计划并急切地期待当我能开展诊所工作的时候，她作为药剂师可以协助我工作。现在这一切都改变了，因为主带她而去了。”

启尔德逝去的夫人名叫詹妮·福勒（Jennie Fowler Kilborn），是一位大学教授的女儿。她与启尔德在读大学时相识相爱，毕业后与启尔德结婚并随丈夫到异国他乡传教，想不到她到成都不到两个月就感染上霍乱，这让学医的启尔德也束手无策，眼睁睁地看着妻子离开了人世。这不仅是启尔德遭遇的第一次打击，也是其传教团体面临的一次困境。霍乱在成都市区流行，不少市民染病后去世。据记载，当时街上棺材铺的棺材都卖空了。按理来说，对有两位医学博士参与的传教会，在遇到有病人的时候是通过出手医治患者来取得市民好感的机会，并借机传教。这种传教方式也称为医学传教，这也是启尔德传教的理念，即医疗工作与传教紧密相连。然而，对一个远渡重洋、还未立足的传教会，在面临当时的医疗条件下很难控制的流行传染病时，何去何从对他们来说就显得十分重要。

安葬了启尔德的妻子詹妮·福勒后，他们最终选择了暂时离开成都，到距成都几十公里的郊区山上一座寺庙躲避霍乱。在寺庙这段时间里，他们除了读《圣经》、唱圣歌，还把他们携带的传教宣传品向当地的人们展示，而启尔德与史蒂文森两位医生就开始给周围的居民问诊看病，通过这样的方式开始了他们在成都的传教工作。启尔德后来这样回忆道：“我们在一个多月的时间里治疗了一百多个病人。当然，我们还不能向他们讲太多的福音，但向他们展示了书籍和箴言卡。我们确信，我们已经在这附近赢得了许多人的好感，将来他们会很乐意地听我们或其他人布教。”启尔德一行在山上待到9月份才回到成都城里，继续为医学传教工作做准备。

1892年11月3日，成都第一家西医诊所开诊了，这一天是启尔德他们到达中国一周年的日子，他们精心安排诊所在值得纪念的这一天开业。诊所由启尔德和史蒂文森两位医生坐诊，开业当天就有十八位患者前来就诊。通常患者候诊时，何忠义就给他们读一段《圣经》，并且加以解说。

一天，诊所里来了一位六十岁的老人，双眼完全失明了。他已经饱受白内障的痛苦几年了。他被收入了简易的小医院里，启尔德等人给他做了手术。几天后绷带被拆除了，他能看见自己的双手和窗户，还能看到自己的床和病房里的其他病人们了。当启尔德医生靠近他的时候，他大声说道："医生，往后退，我可以看到你在那里。再站远一点，那里，我还是可以清楚地看到你！"他感到非常高兴，身体上的康复给他带来了精神上的快乐。

那位视力失而复得的老人，出院时记下了启尔德的名字。他定期到教堂去，还常常带着朋友去。他往来于成都的街道，去到茶馆或是别人家里，到处给那些关心他的人讲诉他的奇妙的就医故事。

诊所只开了两个月就被迫关闭了，原因是来就诊的病人越来越多，启尔德和史蒂文森整天都很忙碌，以至于没有时间学习汉语了，而未完全掌握汉语对他们要开展的工作是不利的，因此他们决定暂时停诊三个月，集中精力学汉语。

在随后的日子里，教会的阅览室也对市民开放了，这立刻在城里引起了不小的轰动。阅览室里的墙上挂着一些图片和地图，桌上摆放着一些国外的书刊和宣传教会的小册子，供市民们随意阅览。一时间阅览室人都容纳不下了。城里有文化、有地位的人都争先恐后前来观看，有的人甚至还掏钱买回家去阅读。

不久，教会又开办了一所小学，一个月的时间里招收了四十多位小学生。这些小学生每天先由中国老师给他们上几小时的课，然后启尔德他们给小学生讲解书里面的一些基督教的内容，还教小学生唱赞美歌。到后来，教会还给当地的年轻人开办了英语班和数学班。那段时间启尔德每天教授英语和数学达三个多小时，尽管来听课是要付费的，但还是有很多年轻人来学习，最多时有五十多人，为此他们不得不拒绝那些超额的带着钱来想上课的人。

每个周末教会都开展做礼拜等传教工作，何忠义为周日的布教会写了一个详细的总结："早上8点钟，由启尔德医生带领大家做早祈祷。10点钟主日学校的学生到了，孩子们学唱赞美诗。10点半例行的布教会开始了。赫斐秋布教。会众听得很认真。以这里惯有的方式，穿着老式服装的会众平分成两半，男人们坐在一边，女人们坐在另一边。斯特尔·哈特小姐（Miss Stella Hart）弹风琴。布教会结束后会众以非常友好的方式来到我们身边，以至于当他们聚集在牧师身边时，牧师感到的那种喜悦就感染了我们。1点钟孩子们在主日学校集合，在那里学习唱歌一小时。3点半所有和教会相关的人学习教义。每周日晚上，我们的小乐队在一起学习圣词。在这种聚会上，我们跟上帝有亲密的交流。"

三

随着赫斐秋他们传教工作的顺利展开，租住的几间民房已经不能满足传教工作的发展了。1893年，赫斐秋在四圣祠北街永租[1]了十八亩的地产，用于修建一所医院、一所学校和一座教堂。同年2月，赫斐秋向理事会申请增派的人员已经抵达上海，赫斐秋派启尔德前往上海接他们来成都。9月，启尔德在上海见到了新来的四位传教士：文焕章牧师（Rev. James.

1　永租就是当年外国人不能购买中国的土地，他们利用不平等条约采取永远租用的变通方式来达到长期占用该土地的使用权。

Endicott）[1]、黑尔医生（Dr. H. M. Hare）、瑞塔·杰福德博士（Dr. Retta Gifford）和萨拉小姐（Miss Sara Brackbill），其中瑞塔·杰福德博士是第一位到四川的女医学传教士。

瑞塔·杰福德1864年出生于加拿大安大略省一个农夫之家，作为家中的长女，父母希望她在家里多帮助他们做农活，因而她在十八岁才上中学。瑞塔·杰福德立志学医，但是当时在加拿大被允许学医的女孩为数不多。经过不懈的努力，她终于进入了多伦多大学女子医学院学习。1891年，二十八岁的瑞塔·杰福德从医学院毕业，她获得了化学硕士和医学博士学位。毕业以后她在一个离家不远的私人诊所工作。不久，瑞塔·杰福德受女差会之邀，以医学传教士身份到四川成都传教。

启尔德就像当年赫斐秋带领他们从上海到成都一样，三个多月后，带领英美会的第二批来四川传教的传教士于1894年2月抵达成都。尽管旅途充满危险和艰辛，在长途的旅行途中，启尔德与瑞塔·杰福德两人相爱了。到成都后不久，赫斐秋主持了启尔德与瑞塔·杰福德的婚礼，新娘瑞塔·杰福德被称为启希贤（Retta Gifford Kilborn）。然而，女差会只聘用未婚女传教士，一旦结婚，她将被辞退。鉴于当时四川还没有一位女医学传教士，而差

---

1 文焕章牧师（Rev. James. Endicott）是中国人民对外友好协会授予“人民友好使者”称号的文幼章（J. G. Endicott）的父亲。文幼章1899年出生在乐山，从小在四川长大。1925年他作为加拿大英美会传教士到成都华西协合大学及华西协合高中执教英文。抗战期间文幼章出任蒋介石的政治顾问，还担任过美国军方和共产党之间的联络人，协商抗日作战事宜。1948年文幼章当选多伦多保卫世界和平委员会主席，1949年当选加拿大全国和平大会主席。他在中国和加拿大致力于和平事业，于1953年荣获加强国际和平斯大林奖金。1959年文幼章访问中国，参加了在北京举行的国庆庆祝活动，受到毛泽东主席接见。1993年11月27日，文幼章去世，其家人按照其遗嘱把部分骨灰撒在四川乐山的大渡河里。1928年，文幼章的二儿子文忠志（S. Endicott）在上海出生，之后文忠志在成都、重庆长大。20世纪80年代初，文忠志是改革开放后最早来四川大学担任外语教学的外籍专家之一，他在1980年出版了父亲文幼章的传记*James G. Endicott: Rebel out of China*，该书的中文版《出自中国的叛逆者——文幼章传》于1983年由四川人民出版社出版。

会又非常需要女性医生，因而启希贤被特许保留医学传教士的身份进行工作，但是不领取教会的工资。

婚后启尔德与启希贤被派往嘉定，负责在那里建立一个新的传教点。在嘉定启尔德夫妇租了白塔街旁塔子山下的民宅作为诊所和礼拜堂。诊所每周一到周四诊治病人，每天开诊前夫妇俩都要带领所有的患者在诊所里集体祈祷，每个周末都是布道的时间。为了方便女患者看病，夫妇俩还做了分工，每周两天由启希贤给女患者看病，两天由启尔德给男患者看病。而对需要做手术的患者，夫妇俩就一起做。每天到诊所求医的患者通常有五十至八十人。同年夫妇俩的第一个孩子启真道（L. G. Kilborn）在嘉定出生了，此孩子后来成长为华西协合大学医牙学院的院长。

1895年4月，启尔德夫妇被调回成都四圣祠街开展工作，随后他们传教团遭遇了到成都后的第二次打击，之前所建的医院、教堂和学校都毁于一旦，这就是史称的"成都教案"。

"成都教案"的起因主要是1894年的中日甲午战争。中国战败，清政府于1895年4月17日在日本马关签订了不平等的《马关条约》，激起了中国人的愤怒情绪。5月下旬在成都街头出现了许多告示："洋鬼子唆使坏人偷小孩榨油。我家李姓女仆亲眼目睹，大家不要让小孩出门，希望大家配合。""约初十日打洋房，赶洋人。大众议和，各铺执棒一根。若有不来者，是洋人的舅子。"再就是史蒂文森医生给产妇接生犯了中国人的忌，以及黑尔医生医治一位病入膏肓的患者时回天乏术，病人去世了。这些都导致了各种谣言在市民中流传，激起仇洋情绪。

幸运的是启尔德等在他们曾经诊治的几位患者的帮助下逃离了骚乱现场，安全到了衙门，最后在官府的安排下乘船离开成都，到上海去避难。

"成都教案"发生后的第二年4月，启尔德一家三口回到了成都，而他们的同事史蒂文森夫人在教案中精神受到很大的打击，健康状况每况愈下，史蒂文森只好离开教会带妻儿回国，他们从此再也没有到中国来了。教会用清朝政府赔偿的经费重建了在教案中被捣毁的教堂、医院、学校以及他们的住宅，启尔德夫妇又开始了医疗传教工作。几十年以后，著名作家李劼人在以成都为背景，描写晚清中国社会变革的小说《死水微澜》中，把“成都教案”作为素材写了进去。

随着到教会医院看病人数的增加，尽管每天让女患者先看病，但是对儿童、孕妇，还是很不方便。为此，启希贤为女差会开展专门为妇女、儿童服务的医疗工作，她们在教会医院附近租了房子，于1896年11月开始专门接待妇女和儿童看病，这就是成都最早的妇女儿童医院仁济女医院的前身。

1900年北方的义和团运动波及四川，使传教团遭遇了第三次打击，7月传教团再一次撤离四川。好在这次他们的财产没有遭到损失，只是他们的工作被迫中断了几个月。

启尔德回忆道：“大家慌忙挑选打包衣服、被褥、罐头食品和所有旅行所用的东西。挑选的每件东西都很小，容易打包，利于防止被偷走。我们不得不终止教会、学校、医院和自己家里的很多工作。我们不断和当地的治安官交涉，最终他答应保护我们的财产。他安排了人员去负责，我们也派了那些可信任的基督徒帮我们看管大院。7月24日早上3点，我们来到大街上，一连串的中国轿子，每顶轿子前面都亮着昏暗的灯笼，轿子载着我们到了东门。在总督的直接命令下，早在日出之前城门就已经打开了，让外国人通行。天一亮，三十七名外国男女和儿童，乘上了当局提供的十艘小船离开了成都。一切都非常平静，从成都出发顺流而下的整个行程中，几乎没有一个人对我们说过一句话。”

乘船离开成都到上海的路途上，因气候炎热，赫斐秋生病了，他高烧几天都不退。好不容易到了上海，赫斐秋的身体状况没有好转，他只好辞去了英美会负责人的职务回加拿大休养。1904年2月24日，赫斐秋在加拿大去世，终年六十四岁。多年以后，加拿大英美会为纪念赫斐秋带领传教团来四川传教，在1910年成立的华西协合大学校园里捐建了一栋庄重肃穆的大楼，该楼以赫斐秋的名字命名，称为赫斐楼（Hart College）。2013年5月，该楼被中华人民共和国国务院确定为全国重点文物保护单位。

四

随着义和团运动的平息，启尔德一行陆续从上海回到了四川。由于赫斐秋的辞职，启尔德被委任为牧师，负责英美会的工作，由此他参与了开创近代中国西部高等教育的事业。

20世纪初，已有美国、英国和加拿大三国的八个基督教差会来四川传教，他们中的一些传教士认识到教育对于传教活动具有促进作用，因而这些差会在四川各地开办了众多的从幼稚园、小学到中学的教育机构。特别是1905年清政府废除科举制度，大力开办新学，培养新式人才，也让传教士们的办学有了更宽松的发展空间。1904年，在启尔德位于成都四圣祠街的住宅里，首次召开了如何更好地管理这些不同教派开办的学校的会议，最后大家一致认为应该成立一个联合教育机构来协调各方面的关系以求更大的发展。1906年在川基督教差会成立了华西基督教教育协会（West China Christian Educational Union），这为基督教在四川创办高等教育提供了坚实的基础。

启尔德在四川行医过程中感到人手不足，但不可能有大量医学传教士从加拿大派到中国。解决人手不足的最好的办法就是培养当地医生从事医学传教工作。因此，办大学、办医学院是启尔德传教工作中另一项重要的任务。

1905年4月，在成都的几个差会负责人召开了一次会议，美国美以美会的毕启（L. Beech）与启尔德两人联合在会议上提出：在中国西部创办一所基督教大学。之前，启尔德与毕启两人就联合办大学之事有过一次畅谈，他们谈到如何购买土地、建房、设立学科等。毕启甚至在他们俩谈话的地点取了一把土保存。这次谈话坚定了两人对办大学的信心，这才有了他们俩在会上联名提出办大学的提案。差会代表们经过讨论后一致认为尽管各差会都独自办了一些中小学，办一所大学所需的人力、物力和财力绝非单独一个差会可以承担的，只有各个差会联合起来才能完成此项宏大的事业。会上美国美以美会和浸礼会，加拿大英美会以及英国公谊会（之后圣公会也加入）三国的四个差会在认识上达成了共识，撰写了一份申请联合创办一所大学的计划书，分别提交给各自国内的理事会。

然而，伦敦、纽约和多伦多理事会否决了他们的申请计划书，最主要的问题是资金的筹措和各差会之间的协调。消息传回来并没有让启尔德他们灰心失望，他们再次聚集在一起，修改计划书，首先他们确定了取消联合建校的宗旨，取而代之的是联盟。大学的组织管理模仿牛津和多伦多大学的体制，实行“学舍”制，参加大学联盟的各差会在校园内指定的区域里修建教学楼和学生宿舍并各自管理。几个差会还成立了临时的管理委员会，为将要开办大学做前期准备工作。随后几年里，三个国家的基督教理事会进行了多次讨论，最终同意了联合在成都开办一所基督教大学。

这是一种新的办学模式，学校实行董事会（又称托事部）的组织管理制度，由美国、英国和加拿大等国人士组成；而学校的具体管理则由各差会选举两位人员组成理事会，负责学校的运行。大学的英文名为West China Union University，而中文名则为华西协合大学。大学的名字恰如其分地体现了联盟之意，即“所谓华西者，盖为中国西部谋最高之教育，合川、滇、黔好学之士，而会聚一隅，互相砥砺也。所谓协合者，即集合英美、美以美、公谊、浸礼四宣教会之精神，协赞而成者也”。

1910年3月11日，华西协合大学正式开学了。从两年前办的高等预备学堂里的一百名学生中挑选了十一名学生进入大学学习，学校有八位外籍教师和两位中国教师任教。这时的大学只有文、理两科，医学院限于各种条件还未开办。

启尔德很清楚地认识到，办医学院特别需要更多的医学传教士加入，因而他在1910年回加拿大休假期间，专门撰写*Heal the Sick*（《治病救人》）这本书，呼吁加拿大年轻人到中国从事医学传教工作。启尔德把他在四川十八年的行医传教的真实经历都写入书中。书中详细介绍了他观察到的当时成都人的生活环境及生活方式，成都的社会习俗、常见疾病、中医中药，他怎样用西医给成都人治病以及他本人对医学传教的认识和看法等。

1911年，启尔德结束休假回到成都，继续努力为开办医学院而工作。然而在这年秋天，成都发生了保路运动，直接导致了辛亥革命的爆发，推翻帝制建立了民国。这期间成都的传教士都纷纷离开成都到上海，因而学校被迫关闭了。第二年春，启尔德等三位大学理事会成员回到成都为尽快复学做准备。1913年春，大学终于复学。这一年毕启被任命为校长，启尔德出任大学理事会主席一职。启尔德在任职理事会主席期间，加快了尽早开办医学院的步伐。

五

高等医学教育不同于一般学科教育，医科学生除了学习数理化基础课程，还要学习医学专业课程，更重要的是要有医院提供学生临床实习的机会，这也就是开办医学院的困难所在。好在启尔德所属的加拿大英美会在成都四圣祠北街开办了仁济医院和仁济女医院，而美国美以美会也在成都陕西街开设了存仁医院，因而可以供医科学生进行临床实习。

1914年9月，华西协合大学的医学院终于开办了，第一届招收了九名学生。医科教师除了启尔德，还有1907年来四川的美国浸礼会医学博士、外科医生莫尔思（W. R. Morse），1894年在成都陕西街开设的存仁医院的美国美以美会医学博士、内科医生甘来得（H. L. Canright）以及1904年到四川的加拿大英美会医学博士、外科医生谢道坚（C. W. Service），他们三位也都是差会派到四川的医学传教士。

医学院开学两个月后，启尔德就撰文介绍这所学校："第一年的课程包括了宗教教育、英语、生物、物理、化学、解剖学和生理学，既有实验课也有理论课。在春季学期，会增加胚胎学。在大学几年的课程中，每年都有宗教课和英语课。这一年医学生只有生理课和解剖课是单独上课，其他的课程和文学院的学生一起上课。我们有四个医疗人员当老师，即谢道坚、甘来得、莫尔思博士和我。前两位博士分别担任解剖课的理论教学，莫尔思博士担任解剖实验课，我教授物理和部分化学课。军政当局已向我们承诺保障人体解剖课安全。我们希望这充满期待的学年到年底圆满结束。""建立医学院的目的是通过训练，培养中国人自己的传教士医生，他们治疗同胞的疾病，减轻人民大众的疾苦，在群众中普及日常卫生的真理和做法……"

尽管医学院顺利开学了，但面临的问题和困难还是不少。首先就是医学院在教学过程中是使用汉语还是英语的问题。当时在中国还没有中文的医学教科书，从事教育工作的传教士对此意见有分歧，有的教会医学院使用英语上课，有的则使用中文。启尔德本人认同用汉语来授课，这样可以缩短培养医科学生的时间，最终启尔德他们决定使用汉语教学。

使用汉语教学对传教士的中文水平要求很高，好在传教士来中国后第一件事就是学中文，早期来四川的传教士都是请家庭教师教中文。启尔德曾说："外国传教士的影响力与他使用中文的程度成正比。"在医学院开办之前，华西协合大学就开办了一所专门帮助新来的传教士学中文的语言训练学校。这所语言训练学校很特别，与其说是学中文，不如说是学四川话。这一点启尔德深有体会，会说四川话能很容易融入当地人的生活。他在四川行医传教多年，当地很多老百姓都用称呼当地医生的惯例，叫他"启医生"，而不是叫“某洋人”。精通四川话的启尔德不仅负责管理语言训练学校，还在学校里给学生上中文课。开学半年后，启尔德提供的一份报告里写道：“学校第一个学期于1914年2月12日开学，并持续到6月中旬。这学期每天上课两个小时，每周上五天。除了外国老师上课的两个小时，每位学生还可以和自己的家庭中文老师私下尽可能地多学习几个小时。”“最大的重点是交谈。阅读和书写汉字是必要的，但是次要的。”“秋季学期，语言学校将开设进一步的课程，涉及中国历史、宗教、风俗习惯等。可见，教学不仅仅局限于汉语教学。”

为了弥补语言训练学校缺乏教材的不足，启尔德专门编写了供刚来四川的传教士学习中文的教材——*Chinese Lessons for First Year Students in West China*（《华西初级学生中文教程》）。该教材用汉英对照的方式编写，选取当时日常生活的三十二个基本场景，如与教书先生对话、请厨师、坐轿子、换银圆，等等。每个场景由十多句中文组成并配有英文，全书一共有一千零五句，可谓“中文一千句”。前两百句中文还用旧式罗马拼音注音，并用阿拉伯数字1、2、3、4、5来表示音调（启尔德把四川人说话的腔调分为五种，他说：“中国的口语，特别是中国西部的语言，听起来犹如锵锵音乐。”）。启尔德在该书的序中以他学习中文的经验告诉读者如何学习中文，他这样写道：“唯一学习中文的方式就是交谈！和老师交谈，和厨师或者做体力活儿的或者女佣交谈，和陌生人交谈。与同事说话，与路上的游客说话，和农民说话，与在旅馆和茶店的各位客人交谈。认真听他们说话并记下来，尽可能学到点儿东西，从一个人这里学到一个单词，或者从另一个人那里学到一个短语。对我们传教士来说最欣悦的是中国人从来没有讥笑过我们在学习他们的语言时出的错。”

我们现在来看这本外国人学中文的汉语教材是很有趣的。首先，它是一本汉语教材，但也是一本带有浓厚四川方言的教材，还可以说是一本川版普通话的汉语教材，因为书里面的四川方言比比皆是，如“姓啥子”——What is your name? “拢场我要打尖”——When we reach the village I want to take a lunch. “跟到就抹灰”——Then proceed to dust immediately after. “今天走得拢吗”——Can we get there today? “今天横顺要走拢”——We are determined to arrive today. 等等。这一句句耳熟能详的四川话与一段段地道的英文配在一起，让我们眼前立刻呈现出一幅百年前洋人以一口流利的四川话跟当地人交流的有趣场景。这些方言现在四川人日常口语都还在说。而“转教”——May I in turn ask your name? “轮起放”——Place it on its edge. “地阵，天天都要洗”——The floor is to be washed every day. 这些方言现在四川人一般都不知道是什么意思。2015年四川人民出版社以影印版的形式再版了这本书，取名为《民国四川话英语教科书》。2016年天地出版社以《英格里希绝配百年四川话》为名，译注出版了这本书。启尔德可能没有想到他编写的这本生动活泼的会话教材成了教授四川话的“活化石”，有可能还是民国时期出版的世界上唯一用四川话编写的外国人学中文的汉语教材。

其次，在教学方面遇到的第一个难题是缺医学教材，当时没有中文的医学教材，而成都学生的英文水平太低，不能像沿海及北京等大城市的教会学校那样用全英文上课。更糟糕的是从上海购买的医学教科书在运输途中被水泡坏了，不能使用。外国教师们只好自己翻译教材，再请学校教中文的中国老师抄写好，提供给学生使用。

另外医科学生的人体解剖课在当时是不被中国人接受的，中国人的传统观念是“身体发肤，受之父母，不敢毁伤，孝之始也”。在当时要想找一具尸体来上解剖课几乎不可能。医学院开办不久，发生了一起令人惊讶的事情，打破了这个局面。据莫尔思回忆，1914年的秋天，医科生刚入校。一天有人把一具无名的尸体放在了教室门口，这让他们很意外，不知道这是福还是祸，他们的确需要尸体上解剖课，但是还要等先上一些基础课后才上解剖课。面对这意外的收获，他们不敢轻举妄动，害怕动了这具尸体引来祸事。但是他们又不甘心放弃这么容易就得来的尸体，要珍惜这难得的机会，有了尸体上解剖课就不会纸上谈兵了。最后他们向学校汇报了此事，让校方向省政府请示，若确为无人认领的尸体，请批准他们用来给学生上解剖课。得到政府方面的同意后，莫尔思改变了教学计划，提前给学生上解剖实验课。同时他们还建议校方邀请社会名流和政府官员前来参观他们上解剖课，以此解除社会民众对解剖尸体所产生的抵触情绪。

就这样，医科在启尔德等人的努力下不断发展。1914年年底，又有两位医学博士来到医学院教书。1915年医学院招收了六名学生。

1917年，医学院又开设牙科，由加拿大英美会医学传教士林则博士（Dr. A. W. Lindsay）负责。林则是史上第一个到中国的传教牙医。早在林则还在来成都的路上时，启尔德的一位中国老朋友就请启尔德为其女儿诊治严重的颚部疾患，但口腔疾病对启尔德来说不是他擅长的治疗领域，他告诉他的朋友，一位牙科医生正在到成都的路上，并建议他们等牙医来了再医治。1908年5月18日，林则到达成都。启尔德安顿好了林则，就让他学中文，按照差会规定，医学传教士到成都后首先要学习当地语言，必须掌握中文才能给中国人看病，除非极特殊的情况。

林则到成都不久，那父女俩就知道了，他们立刻去找启尔德帮忙，启尔德请还在学中文的林则网开一面医治他的这位中国朋友的女儿。检查时林则发现她患了十年的牙槽脓肿，牙槽骨质被破坏，充满脓液。幸运的是，通过拔牙和刮除术的彻底治疗，她的病情迅速改善，不久就康复了。这位病人是林则在成都医治的第一个中国病人。

1914年大学创办的医学院为牙科的开办奠定了良好的基础，三年后随着加拿大英美会牙医博士吉士道（Dr. H. J. Mullett）的到来，1917年在医学院建立起了牙科系，由林则任系主任。1919年，牙科正式扩建为与医科并列的牙学院，这是中国最早建立的近代高等牙科教育专业，堪称中国牙科发源之地。此时医学院由医学和牙学两个学院组成，称为医牙学院。

1914年招收的第一届九名医科学生经过六年的学习被淘汰了五位学生，只有四位学生获得毕业的资格。1920年6月，第一批四位医科学生顺利毕业了。然而，就在当月，从加拿大传来了一个不幸的噩耗，正在休假的启尔德去世了，终年五十三岁。

1920年6月7日，*North China Daily News*（《字林西报》）报道："来自本报驻四川自流井通讯员报导，称收到了宣布启尔德博士因肺炎逝世的电报。启尔德博士是加拿大英美会四川省书记兼财务主管。辞世前启尔德博士正在多伦多休假，他是到中国西部地区最早的传教士成员之一。"

在成都英美会的仁济医院里举行了启尔德追思会。会上启尔德的同人、好朋友何忠义介绍了启尔德的生平以及他与启尔德的交往，他说："要总结启尔德的一生是一项非常困难的工作。要说启尔德勤奋，这个词语用在启尔德身上几乎失去了意义，有谁发现他空闲过？谁说启尔德孤高？如果一个客人走进启尔德的办公室，尽管他的桌面堆了很高的文件要处理，但是他可曾变得烦躁、易怒，或者让客人觉得不该打扰他吗？启尔德是严谨的、全面的、有条不紊的人，有谁给他写便条询问有关工作的任何事情，却没有收到一个言简意赅的回复吗？启尔德和蔼可亲，看看那些中国人，老老少少，学生或者善男信女都能自由地进到他的书房，离开回家时都步伐坚定面露希望的微笑。"

医学院第一届毕业的四位学生李义铭、刘月亭、胡承先和颜相和分别被派遣到英美会办的重庆宽仁医院、荣县仁济医院、自流井仁济医院与浸礼会办的叙府仁德医院当医生，启尔德培养中国医生来从事医学传教工作的愿望实现了。然而，尽管这四位医生都是基督教教徒，在教会医院工作了七年以后，李义铭与颜相和最终离开了教会医院，自己开办西医诊所，成为自由执业医生。李义铭离开重庆宽仁医院后，自己在重庆创办民营义林医院。1935年，李义铭集资修建了一栋五千多平方米的中西合璧式义林医院大楼。1937年抗战爆发，国民政府迁都重庆，义林医院大楼被征，被立法院、司法院等用于办公。最为传奇的是李义铭的外甥女江竹筠——红岩英烈江姐，从小就在义林医院里长大，当年为了营救外甥女，李义铭还坐了大牢。1951年，李义铭把医院捐献给政府，后来他把医院大楼的产权也交给了政府。1951年，私立义林医院改名为重庆市第二人民医院。20世纪60年代又更名为重庆市外科医院。2001年医院更名为重庆市中山医院。

启尔德去世以后，华西协合大学医学院、牙学院经过不断努力，培养了一批又一批的医科和牙科毕业生，这些毕业生在社会上有良好的口碑。1922年，征得美国纽约州立大学同意，华西协合大学将其医科毕业生成绩送到该校复核后，就可获得美国纽约州立大学的博士学位。

六

尽管启尔德去世了，他的理想却在他的家族延续了下去。从启尔德1891年到中国，1952年其长子最后离开中国，七十多年里启氏家族一门三代有八位成员为华西的教育事业工作。启尔德的妻子启希贤在丈夫去世后就返回了成都，继续在医学院任教，并在仁济女医院工作长达十二年。她在华西一直工作到七十岁，于1933年退休回加拿大。1942年12月1日，启希贤在多伦多去世，享年七十八岁。

启尔德与启希贤夫妇生育了两男两女，除了二女儿是他们休假期间在加拿大出生的，其余的三个孩子都是在四川出生的。在之后的岁月里，这些孩子在四川长大，回加拿大读书，然后又到成都在华西协合大学工作，包括他们的丈夫、妻子，还有他们的孩子，也就是启尔德的儿媳、女婿及孙（外孙）辈。

当年启氏家族在四川传教的成员如下：

启真道，启尔德的长子，1895年出生于四川嘉定。1921年毕业于加拿大多伦多大学维多利亚学院，获文学硕士及医学学士学位。1922年返回成都，担任华西协合大学生理学教学工作。1936年起出任华西协合大学医学院院长长达十多年。1952年离开成都到香港大学，担任生理学教研室主任。1963年六十八岁退休回加拿大。

黄素芳（Conetance Kilborn Ellen），启尔德的大女儿，1898年出生于成都。1919年毕业于加拿大多伦多大学维多利亚学院，主修英语和历史。1921年与同班同学黄思礼（Lewis. C. Walmsley）结婚，随丈夫来到成都。在华西协合大学里，她协助担任专门为传教士子女开办的加拿大学校（Canadian School）校长职务的丈夫的工作。

黄思礼是启尔德的女婿，1897年出生于加拿大安大略省。1919年毕业于多伦多大学维多利亚学院。1921年来四川传教。1923年起出任华西协合大学的加拿大学校校长长达二十多年。1948年出任华西协合大学博物馆馆长，年底离开成都回加拿大，应聘多伦多大学东亚研究室教授一职，从事历史和中国文化的教学工作。

启智明（Cora Alfretta Kilborn），启尔德的小女儿，1899年出生于成都。1920年毕业于加拿大多伦多大学维多利亚学院，获得现代语言学荣誉硕士学位。之后在多伦多护士学校及多伦多大学接受护理培训，还完成了教育及管理课程。1926年来成都，在四圣祠仁济女医院从事护理工作。1942年启智明随四圣祠仁济医院搬迁到华西坝，继续在华西协合大学医院从事护理工作，她毕生大部分精力都奉献给中国的护理教学工作。直到1950年回加拿大。

启静卿（Janet Mcclure Kilborn），启真道的第一任夫人，启尔德的儿媳。启静卿的父亲1888年从加拿大来中国北方从事医学传教，1917年任山东齐鲁大学医学院教授。1894年10月4日启静卿出生于美国宾夕法尼亚州匹兹堡市。1921年毕业于加拿大多伦多大学维多利亚学院。同年与同学启真道结婚后，随丈夫来到成都。她在华西协合大学讲授儿科学和医学英语，还担任校医。1945年启静卿在多伦多因病去世，终年五十一岁。

吉恩·米勒（Jean E. Millar Kilborn），启真道的第二任夫人，1906年出生于安大略省。毕业于加拿大安大略省西安大略大学。1932年来成都接替启希贤的工作。1947年与启真道结婚。

玛丽·埃莉诺（Mary Eleanor Kilborn），启尔德的长孙女，启真道的长女。1924年出生于成都，在成都完成了小学、中学教育之后，回到多伦多女子大学攻读护理专业。1949年结束在蒙特利尔护理专业的研究生课程，并于同年10月随父亲启真道返回成都，在华西协合大学医院从事护理工作，她是启氏家族在中国医学传教的第三代人。1951年离开成都，回到了加拿大。

七

历史学者余三乐曾说：“蜜蜂本意是觅食，但它传播了花粉。”当年来中国的传教士主观愿望是要传播耶稣基督，但他们当中许多人的确在客观上为建立中国自然科学和人文科学体系起到了很大的作用。

当初启尔德与赫斐秋等人开办的那一家诊所，可谓是成都第一家西医诊所。该诊所后来发展成仁济医院。经过几十年的岁月，仁济医院分成了两个医院。一个是在1942年由仁济医院分迁到华西协合大学的教学医院，就是后来的四川医学院附属医院、华西医科大学附属医院即现在的四川大学华西医院，目前华西医院是西南地区最大的医院；另一个就是留在仁济医院原址的现在的成都市第二人民医院。

而启尔德与毕启等人创办的华西协合大学同样也经历了华西大学、四川医学院、华西医科大学、四川大学华西医学中心的变迁。

尽管20世纪50年代初西方传教士都离开了中国，但启氏家族与华西医科大学的交往并没有停止。20世纪90年代初，启尔德的孙子罗伯特（Robert Kilborn）来到华西医科大学与校方商谈加拿大医学界与华西医院之间的学术交流合作项目。该项目就是互派访问学者，费用全部由启氏家族八十多位后裔出资成立的“纪念启尔德访问教授捐助基金会（Kilborn Memorial Visiting Professorship Endowment Fund，简称启尔德基金）”提供。1999年该项目正式实施，每年双方互派访问学者一名。

罗伯特是这个项目的主要负责人，管理启尔德基金的运作十多年。在启尔德基金的资助下，已有十多位加拿大医学专家来到华西医院，开展了临床和基础各方面的交流与合作；同时也有不少华西学子前往加拿大深造。2013年，由于罗伯特年事已高，启尔德基金转由加拿大西安大略大学（University of Western Ontario）医学院代管，并更名为“启尔德家族访问学者基金”（Kilborn Family Visiting Scholar Fund），继续进行加拿大医学界与华西医院之间的学术交流合作。

2015年4月11日，首届华西医院·西安大略大学医学院外科论坛（West China-Kilborn Surgical Symposium）在成都举行。开幕式上，九十二岁高龄的罗伯特通过视频向与会者问好：“这些年，中国的一切都在变化。由于身体的原因，我也没有再回去了，但是我希望现在的合作，能够成为两校合作的开端。”罗伯特1923年在四川出生，他把四川作为他的第二故乡，他希望以他祖父启尔德名字设立的基金能够推动中国和加拿大两国之间的交流。本次论坛以微创外科进展、机器人外科、规范化住院医生培训为主题，双方十多位医学专家就此主题通过讲演与手术视频介绍了最新外科临床新技术和经验。

2013年5月2日，四川大学为了完善校园历史文化景观，对学校的道路、楼宇重新命名，华西校区医学院的一栋老建筑被命名为启德堂，以纪念医学院的创办者之一启尔德先生。

2013年5月8日，由雕塑家李奇生创作的铜雕《百年大爱》在成都市第二人民医院（原成都四圣祠街仁济医院）落成，该组雕塑作品展示了清末民初医学传教士启尔德、启希贤和林则来四川行医的情景，20世纪50年代初成都市第二人民医院（当时为川西第二医院）皮肤科的创办者翁之龙为患者治病的情景，以及当代医务工作者参加医疗援助的情景。文艺评论家何开四评价铜雕《百年大爱》时说："对老百姓来说，大家都知道加拿大的白求恩，但少有人知道三代人都扎根成都传播医学文化的启尔德家族，他们留下了可贵的仁爱精神，可以说启尔德是另外意义上的'白求恩'。"

改革开放以来，当年在四川成都华西坝工作和生活的外籍教师以及当年他们的在华西坝出生长大的子女时常回到这里追忆往事，增加两国人民的交往。在华西坝有一栋老建筑叫志德堂，该楼就是为当年来四川的传教士子女办的加拿大学校的旧址。现在，在这些传教士后代与四川大学的共同努力下，成立了"华西加拿大学校陈列馆"，由学校在志德堂提供场地，加拿大传教士的后代捐献了当年他们父（祖）辈以及他们自己在四川工作及生活时的老照片、信函、书籍及其他实物。

2016年11月9日，华西加拿大学校陈列馆开馆仪式在四川大学华西校区志德堂举行。四川大学常务副校长李虹在开馆仪式上说："一百多年前，加拿大、美国、英国的五个教会在这里开始创办医院和大学，包括启尔德先生等在内的一批加拿大医学和教育传教士不远万里先后来到了四川成都，历经千辛万苦行医办学，在华西坝创建了中国最早的综合大学之一——华西协合大学，这是成都，乃至中国西部所建立的第一所现代意义的大学。在中国人民抗战时期，华西协合大学成为保存、延续中国高等教育命脉的圣地之一；华西协合大学的创办为后来四川乃至中国西部地区的医学和医学教育的发展奠定了坚实基础，华西培养了一批批医学精英对我国医学和高等教育的发展产生了重要的影响。”最后李虹说道：“华西加拿大学校陈列馆承载着加拿大友人的情怀，也是我们温故知新的心愿，更是中加人民友谊的伟大象征，是四川大学特别是华西医学中心永远珍惜的宝贵财富。”

加拿大驻重庆总领事馆总领事欧阳飞在开馆仪式上说：“如果现在华西大学（四川大学华西医学中心）是全中国名誉最好的（学校）之一，也是因为我们加拿大的包括在座的各位做出的一点点贡献。”“现在加拿大与四川省的合作情况是很好的，而且我们经常会考虑，明天怎样做得更好，但是我觉得还是值得强调（我们两国）合作的历史不止有十年或者二十年的历史，是有一百多年的历史，而且一直都有合作。”“我觉得这样的博物馆有两个重要性，第一个是展现了加拿大和四川省的友谊，第二个是给成都市民一个更好了解他们自己的历史和文化的机会。”

启尔德的外孙女黄玛丽（Marion Kilborn Walker）在开馆仪式上捐赠了当年她外祖父外祖母结婚时收到的一件礼物——一尊中国瓷器花瓶；启尔德的重外孙（David Omar Walmsley），捐赠了他祖父黄思礼当年在成都的一幅绘画作品——长江三峡的风景。

在开馆仪式上，黄玛丽回忆道：“我和这所学校与这座城市都有很长的历史渊源，我们与中国的故事从1892年就开始了，当年我的外祖父外祖母启尔德和启希贤不远万里从加拿大来到了四川。1894年外祖母启希贤被教会派到中国做医学传教士，那年5月她与我的外祖父结婚了，这就是我与中国历史的开始。启尔德和启希贤夫妇有三个孩子都在中国出生，我的母亲黄素芳是他们的大女儿，1921年她与黄思礼结婚并来到中国。我是1932年出生在这里的，（出生地）就在我现在站在这里不远的地方。”“我小时候喜欢做的一件事情是从华西坝走到成都街上去，看见人们都穿着蓝色的衣服，说着腔调各异的像音乐一样的四川话，每一个腔调代表一个词意。”“在我小的时候，我的四川话说得很好，其实今天我很希望能够讲中文、讲四川话。我的外祖父启尔德相信，如果要形成良好的友谊那么你就要学好对方的语言。”

黄玛丽把启尔德1910年在加拿大出版的*Heal the Sick*（《治病救人》）捐赠给了华西加拿大学校陈列馆。这本写给想要来中国做医学传教士的加拿大年轻人的书，详细介绍了成都的生活环境、社会习俗、常见疾病、中医中药以及成都人如何认可西医的，等等。书里面大量描写了当时成都的社会现象，是不可多得的展现清末成都社会现象的文本。

八

2019年四川大学启动了“四川大学历史・文化・精神传承弘扬计划”资助研究项目，由档案馆（校史办公室）和社会科学研究处联合发布了《关于申报2019年四川大学校史研究专项课题的通知》。通知中这样写道：“大学校史是一所大学文化与精神的永恒依托，是薪火传承、继往开来的不竭动力，体现着学校的学术传统和精神内涵，发挥着价值导向、精神陶冶、规范约束、群体凝聚、社会辐射等一系列极其重要的作用。为进一步加强对四川大学校史的研究编纂以及对校史文化资源的发掘和利用，传承大学文化，展现学校风采，凝聚师生人心，共塑精神家园，特发布本课题申报通知。”

由于历史原因，至今关于启尔德在成都创办第一所西医诊所并参与建立西部第一所现代大学，培养本土西医医生的经历还没有专门的研究。笔者申请了“四川大学华西医学中心创建者之一启尔德在川从医执教经历”研究课题，通过专家评审该课题获得了立项，项目批准号为skdangan2019-12。

“四川大学华西医学中心创建者之一启尔德在川从医执教经历”课题主要研究两个方面的问题：其一，通过查阅各种外文资料，梳理出启尔德来川从医执教二十八年的经历；其二，翻译启尔德当年为医学中心在海外招募人才撰写的*Heal the Sick*（《治病救人》）宣传书。在这本书里启尔德写了他近二十年在四川行医传教的真实经历，记录了他怎样用西医给四川人治病的故事。

经过一年努力，2020年5月，“四川大学华西医学中心创建者之一启尔德在川从医执教经历”课题顺利结题。水有源，树有根，通过对本课题的研究，我们可以了解西医是如何通过传教进入四川的。

译　者

2020年7月3日于华西坝广益